JN164201

子ぶたのトリュフ

ヘレン・ピータース 文
エリー・スノードン 絵
もりうち すみこ 訳

さ・え・ら書房

もくじ

（装丁）久住 和代

A Piglet Called Truffle
Text Copyright © Helen Peters, 2017
Illustrations Copyright © Ellie Snowdon, 2017

This translation of A Piglet Called Truffle
is published by arrangement with Nosy Crow Limited
through Japan UNI Agency, Inc., Tokyo

1 かわいそうに

ジャスミンは、二ひきのねことベッドに寝《ね》ころんで、大すきな雑誌《ざっし》〝ぶたの種類《しゅるい》と飼《か》いかた〟を読んでいました。十一月の末《すえ》、秋も深《ふか》まった金曜日の午後のことです。

めずらしい品種《ひんしゅ》のぶたについておもしろい記事《きじ》があったので、すっかり夢《む》中《ちゅう》になり、ジャスミンはとてもしあわせでした。

「ジャスミン！　カーターさんちの牛のお産《さん》を手伝《てつだ》いに行くけど、いっしょに来る？」

お母さんの声が階段《かいだん》の下から聞こえてきました。

ジャスミンは、いそいでベッドからおりました。

カーターさんというのは、近所《きんじょ》の農場主《のうじょうしゅ》です。いつもしかめっ面《つら》をしている気むずかしい人ですが、ぶたを飼《か》っているので、ジャスミンは、お母さんが行くたびについていきます。

ジャスミンのお父さんも、農場主《のうじょうしゅ》。この「ナラの木牧場《ぼくじょう》」で、たくさんの牛を飼《か》っています。けれど、ジャスミンがいくらたのんでも、ぶたは飼《か》ってくれないのです。

「すぐ帰ってくるから、寝《ね》んねしててね」ジャスミンは、二ひきのねこにささやいて、頭をなでてやりました。

黒いメスねこのマーマイトは、ふさふさした毛をなでられて、気《き》

持《も》ちよさそうにのどを鳴らしました。

キャラメル色のオスねこタフィーは、ベッドの上で毛布《もうふ》に丸くなったまま、ジャスミンが部屋《へや》から出ていっても、目をあけませんでした。

階段《かいだん》の下では、ジャスミンのお母さんのナディアが、コートを着《き》て、ひざまであるゴムの長ぐつをはき、すっかり準備《じゅんび》して待《ま》っていました。

車のかぎをジャラジャラ鳴らしているのは、しびれを切らしたときのくせです。

「早く、ジャス、コートをわすれないで。もう行くわよ」

家畜《かちく》の獣医《じゅうい》をしているお母さんは、食事《しょくじ》のときだろうと、夜中だろうと、呼《よ》ばれればすぐに行かなければなりません。

ときどきジャスミンは、農場主《のうじょうしゅ》って、わざわざ食事《しょくじ》の時間をねらって電話をかけてきてるんじゃないかしら、と思うくらいです。

ジャスミンは台所《だいどころ》におりていくと、大型《おおがた》オーブンのそばにかけてある、泥《どろ》のついた防水《ぼうすい》ジャケットをとりました。

テーブルでは、姉さんのエラがひたいにしわをよせ、たいせつな試験勉強《しけんべんきょう》のまっさい中です。テーブルの上は、教科書やプリントやえんぴつで少しのすき間もありません。

「そんなに遅《おそ》くならないと思うわ。オーブンに皮《かわ》つきジャガイモを入れといたから」

お母さんがそういっても、エラは、うわの空で「ん」とこたえたきり、教科書から顔も上げませんでした。

ジャスミンとお母さんは、玄関《げんかん》から庭《にわ》に出ていき、犬小屋《いぬごや》のそばを通りました。スプリンガー・スパニエルの老犬《ろうけん》、ブランブルの小屋《こや》です。

このところ、ジャスミンは、この犬小屋《いぬごや》を見るたびに、気持《きも》ちがしずみます。先月まで、ここには犬が二ひきいたのですが、ブランブルの姉さんのブラッケンが、ひと月前に死《し》んでしまったのです。

小屋《こや》の中にたった一ぴきでいるなんて、ブランブルには生まれて初《はじ》めてのことです。どんなにさびしいでしょう。
今は、ジャスミンのお父さんと牧場《ぼくじょう》に出ているので、犬小屋《いぬごや》は空《から》っぽです。
さて、家の庭《にわ》から農場《のうじょう》の中庭《なかにわ》に出る木戸をあけながら、お母さんは、庭《にわ》のすみのやぶにむかって呼《よ》びかけました。

「マヌ、ベン、往診《おうしん》に出かけるからね」

ガサガサと音がして、泥《どろ》だらけになったふたつの顔が、湿《しめ》った枝《えだ》のあいだから現《あらわ》れました。

ひとりは、ジャスミンの弟で、五歳《さい》のマヌ。もうひとりは、マヌの親友、ベン。農道《のうどう》の先に住《す》んでいる男の子です。

「クランブルケーキ、食べる？」と、マヌがしげみの中から、よごれたボウルをつきだしました。

「何のクランブルケーキ？」と、お母さんがたずねました。

ジャスミンは、ボウルの中をのぞいてみました。

「泥《どろ》のクランブルケーキに見えるけど。トッピングはパリパリの枯《か》れ葉《は》」

「中に、イチイの実《み》とドングリが入ってるよ」と、ベンがいいました。

「これは、死《し》のクランブルケーキさ」とマヌ。

「死《し》のクランブルケーキ?」と、お母さんが聞きかえしました。

「そうだよ。食べたら、死《し》ぬんだ」

「まあ、すごーい! でも、遠慮《えんりょ》しとくわ。もし何か用があったら、お父さんは牧場《ぼくじょう》でひつじを見てるし、エラは家にいるから」

「わかった」とマヌ。

「ありがとうございます」とベン。

ベンはいつも、おとなにはとびきり礼儀《れいぎ》正しくて、そのおかげで、いろんないたずらをゆるしてもらっているのです。

車のほうに歩いていきながら、お母さんが大声でいいました。

「そのクランブルケーキ、食べないでよ」

「はい、食べません。ご心配《しんぱい》ありがとうございます。さようなら」とベンがこたえて、ふたつの頭は、またしげみの中に消《き》えました。

車で、カーターさんの農場《のうじょう》の中庭《なかにわ》に入っていくと、カーターさんが牛小屋《うしごや》から出てきました。

カーターさんは、がっちりした中年の男の人で、よごれた防水《ぼうすい》ジャケットを着《き》て、だぶだぶのデニムのズボンのすそを、ものすごく大きな黒い長ぐつの中に押《お》しこんでいます。きょうも、あいかわらずのしかめっ面《つら》です。

「こんにちは」と車からおりながら、お母さんがあいさつしました。

けれども、カーターさんはあいさつもかえさず、すぐにうなるようにいいました。

「逆子《さかご》らしい」

そして、お母さんが、車のトランクをあけて薬箱《くすりばこ》や医療器具《いりょうきぐ》をとりだすのを見ながら、またうなりました。

「もう何時間も、いきんどる」

「カーターさん、ぶたを見に行ってもいい？」と、ジャスミンは聞きました。

カーターさんはひと声うなっただけでしたが、ジャスミンはそれを「いいよ」という返事《へんじ》だということにしました。

そこで、さっさとぶた小屋《ごや》のほうへ歩いていると、カーターさんがうしろから呼《よ》びかけました。

「ついさっき、子ぶたが生まれた。十一ぴきだ」

ジャスミンは思わず歓声《かんせい》をあげました。

生まれたばかりの子ぶたなんて、めったに見られるものじゃありません。

「母ぶたには気をつけるんだぞ。産《う》んだばっかりで、気が立っとる」

「それに、まず長ぐつを消毒《しょうどく》しなくちゃ」お母さんが、車のトランクから消毒《しょうどく》液《えき》のボトルとブラシの入ったポリバケツをとりだしました。「さあ、これで」

ジャスミンは、バケツをもって、乳《ち》しぼりのための小屋《こや》まで行き、水を入れて、消毒液《しょうどくえき》を注《そそ》ぎ入れました。

それから、そのバケツを中庭《なかにわ》まで運《はこ》んでくると、ブラシをお母さんに手わたしました。

まず、お母さんが、自分の長ぐつを消毒液《しょうどくえき》のついたブラシでこすって、泥《どろ》を落《お》としました。ブラシをわたされたジャスミンも、同じように、自分の長ぐつを消毒液《しょうどくえき》で洗《あら》いました。

めんどうくさいことですが、かならずやらなければならない、ちょうど歯《は》みがきみたいなものなのです。

「農場《のうじょう》から農場《のうじょう》に病原菌《びょうげんきん》をまき散《ち》らすことになっちゃ、たいへんだもの」と、お母さんはいつもいっています。

さあ、長ぐつは完全《かんぜん》に消毒《しょうどく》されました。ジャスミンは、水たまりの泥水《どろみず》がはねるのもかまわず、ぶた小屋《ごや》のほうへ走っていきました。

ぶた小屋《ごや》は三棟《とう》あって、どの入り口のドアも、上下に分かれています。下半分のドアには、かんぬきがかかっていますが、上半分のドアは、あいています。

ジャスミンは、一番手前のぶた小屋《ごや》に近づくと、あいている上半分のドアから身を乗り出して、中をのぞきました。

小屋は空《から》っぽです。

となりのぶた小屋《ごや》には、大きなメスぶたが、わらの中に横《よこ》になって眠《ねむ》っていました。

けれど、そのとき、そのつぎのぶた小屋《ごや》から、わらのガサガサいう音やぶたのうなり声が聞こえてきました。

ジャスミンは、中をのぞきました。寝《ね》わらの上に、すべすべした毛なみの大きな白ぶたが横《よこ》たわっています。

そのおなかに二列《にれつ》にならんだ乳首《ちくび》には、それぞれ生まれたばかりのつやつやした子ぶたが吸《す》いついていて、せわしく乳《ちち》を飲《の》んでいます。

子ぶたのピンク色のからだには、どれも黒いぶちがあります。

クルンと巻《ま》いたちっぽけなしっぽは、お母さんのおっぱいが飲《の》めてうれしくてたまらない！　というように、

くねくね動《うご》いています。

ジャスミンは思わずほほえみました。

「なんてかわいいの！　それに、お母さんぶたも、よくがんばったわね！」

カーターさんから十一ぴきだと聞いていましたが、ジャスミンは、押《お》し合いへし合いしながら乳《ちち》を飲《の》んでいる赤ちゃんぶたを、数えずにはいられませんでした。

ほんとだ。たしかに十一ぴきいます。

でも、そのとき、何かがジャスミンの目にとまりました。

子ぶたの列《れつ》のはしにいる一番大きな子ぶたの下で、何かが

カサコソ動《うご》いたのです。

ねずみかしら?

ジャスミンは目をこらしました。すると、そこの寝《ね》わらがまた動《うご》いて、その下に、何やらピンクのちっぽけなものが見えました。

ジャスミンは、下半分のドアのかんぬきをぬいて中に入ろうとしましたが、かんぬきはびくともしません。

ひねったりひっぱったりしながら、かんぬきをちょっとずつ動《うご》かし、最後《さいご》に思いっきりグイッと引きぬいて、やっとドアをあけました。

小屋《こや》の中に入ると、ドアを閉《し》め、手をのばしてもう一度かんぬきをかけました。ぶたの親子が逃亡《とうぼう》をくわだてているようには見えませんが、念《ねん》には念《ねん》を入れなくてはなりません。

近づきながら、ジャスミンは、母さんぶたを安心《あんしん》させるために、やさしく話

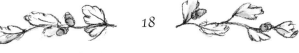

しかけました。

「だいじょうぶよ、何もしないから。ちょっと見るだけだからね」

乳《ちち》を飲《の》んでいる子ぶたたちのじゃまをしないよう、また、母さんになりたてのメスぶたを怒《おこ》らせないよう、ジャスミンはそうっとゆっくり、子ぶたたちのそばによっていきました。

母さんぶたのうしろ足のすぐ前で、一番大きい子ぶたが一心に乳《ちち》を飲《の》んでいます。そして、その子ぶたにつぶされそうになりながら、何かがわらに埋《う》もれてたしかにいるのです。

ジャスミンは、その前にしゃがみました。そして、その一番大きな子ぶたの温《あたた》かくてやわらかいからだを、そうっともちあげました。

子ぶたは怒《おこ》って、キーキー鳴きました。すると、母さんぶたが頭を起《お》こし、低《ひく》くうなって、黄色い歯《は》をむきだしました。

ジャスミンは、あわてて子ぶたをべつの乳首《ちくび》のそばにおろしてやりました。母さんぶたは、ふたたび、太い首を寝《ね》わらの上に横たえました。

ふーっ。あぶなかった！

ジャスミンは、大きな子ぶたがいたあとのわらを、注意深《ちゅういぶか》くかきわけました。

すると、なんとそこには、見たこともないほどちっぽけな赤ちゃんぶたがいたのです！

そのちっちゃな子ぶたは、引きつけでも起《お》こしたみたいに激《はげ》しくふるえています。大きさは、ほかの子ぶたの半分ほど。ジャスミンのてのひらくらいしかありません。

これじゃあ、兄弟ぶたを押《お》しのけて乳首《ちくび》までたどりつく力はないでしょう。

「ああ、かわいそうなおチビちゃん！」

ジャスミンは、ブルブルふるえている子ぶたをすくいあげて、てのひらにのせました。うすいひふの下のかぼそい骨《ほね》が、ジャスミンの指《ゆび》にさわります。子ぶたはひと声も上げません。

ジャスミンは、子ぶたの口や鼻先《はなさき》にくっついているわらくずをとってやってから、母さんぶたの空《あ》いている乳首《ちくび》の前に、その子ぶたをそうっとおいてやりました。

ぬれた小さな鼻先《はなさき》が乳首《ちくび》にふれているのに、子ぶたは口をあけません。ちっちゃなしっぽは、力なくたれたままです。

ひ弱すぎて、乳《ちち》を飲《の》む力もないのです。

今すぐ、カーターさんに知らせなくちゃ！

さっき、十一ぴきの子ぶたが生まれたといったカーターさんは、この子ぶたには気づかなかったのでしょう。

ジャスミンは、そのちっぽけな子ぶたにささやきました。

「心配《しんぱい》しなくていいからね。わたしが助《たす》けてあげる」

2 こんなやせっぽち、見たことない

ジャスミンはぶた小屋《ごや》を出ると、またすぐドアにかんぬきをかけました。ぐずぐずしてはいられません。こうしているあいだにも、ほかの子ぶたの下敷《したじ》きになって、つぶれてしまうかもしれないのです。

ちょうどそのとき、カーターさんが、ぶたの餌《えさ》を入れた一輪車《いちりんしゃ》を押《お》しながらこちらへやってきました。

「カーターさん、気づかなかった？　子ぶたは、ほんとは十二ひきよ」

「十一ぴきだ」と、カーターさんはう

なるようにいいました。

「わたしも十一ぴきだって思ってたんだけど、ほかの子ぶたの下敷《したじ》きになって、もう一ぴきちっちゃなのがいたの。みんなにのっかられて、おっぱいも飲《の》めないみたいだったから、乳首《ちくび》のすぐそばにおいてあげたんだけど、弱々しすぎて吸《す》いつけないの」

カーターさんは、またうなりました。

「そいつの運《うん》にまかせるしかないな。わしには、世話《せわ》してやるひまなどない。ほかに人もおらん」

そんな!!　どうして、そんなひどいことがいえるの?!

ジャスミンはカッとなって、カーターさんをにらみました。

「でも、だれも世話《せわ》しなかったら、死《し》んでしまうわ」

カーターさんはぶた小屋《ごや》の中をのぞき、生まれたての子ぶたのほうを見ると、おどろいて口笛《くちぶえ》を鳴らしました。

「あんなちっぽけなやつは初《はじ》めてだ。ありゃあ絶対《ぜったい》、長くはもたんな。早いとこ楽にしてやろう」

ジャスミンは金切《かなき》り声《ごえ》を上げました。

「殺《ころ》すの?! だめよ、そんなの!」

それにはこたえず、カーターさんは、外壁《そとかべ》に立てかけてあった古いシャベルをつかんで一輪車《いちりんしゃ》に放《ほう》り入れると、まん中のぶた小屋《ごや》のドアをあけ、一輪車《いちりんしゃ》を押《お》して中に入りました。

寝《ね》ていた年とったメスぶたが、大きなからだをもちあげて起《お》き上がりました。

ジャスミンは、すばやく頭を働《はたら》かせました。

子ぶたを飼《か》うなんて、お父さんもお母さんもゆるしてくれないにきまってる。でも、かわいそうな子ぶたを死《し》なせたいとは思わないんじゃないかしら。

ジャスミンは、勇気《ゆうき》をふるいおこしていいました。

「カーターさん、わたしに、あの子ぶたの世話《せわ》をさせてくれないかしら。元気になったら、またここにかえすから」

カーターさんは顔をしかめたまま、メスぶたの餌箱《えさばこ》に、ザーッとバケツの餌《えさ》を入れました。

あたりに、もうもうと、とうもろこしの粉《こな》が舞《ま》い上がりました。

「世話《せわ》したところで何もならん。小屋《こや》にもどしたとき、ほかの子ぶたとにおいがちがっとりゃあ、母ぶたは育てようとせんし、兄弟にもいじめられる」

「じゃあ、わたしがもらってもいい？」

カーターさんは、「ふん！」と鼻《はな》でわらっていいました。

「バカバカしい。おまえさんに、ぶたの何がわかる？」

「勉強《べんきょう》するわ。〝ぶたの種類《しゅるい》と飼《か》いかた〟も読んでるし」

カーターさんは、今度《こんど》は大声でわらいました。さっきの「ふん！」より、さらにバカにしたわらいかたです。

「むだだ。あいつは、はなから見こみがない。適者生存《てきしゃせいぞん》が自然《しぜん》の掟《おきて》だ」

カーターさんはそういうと、一輪車《いちりんしゃ》を小屋《こや》のすみまで押《お》していって、ぶたの糞《ふん》をシャベルですくい入れ始《はじ》めました。

その背中《せなか》をにらみつけながら、ジャスミンは心の中で毒《どく》づきました。

カーターさんなんか、ころんで頭から糞《ふん》の中につっこんじゃえばいいのよ。

そのとき、牛小屋《うしごや》からお母さんが出てきて、ひじまでかくれるビニールの使い捨《す》て手袋《てぶくろ》をぬぎながら、ジャスミンにほほえみかけました。

「心配《しんぱい》したほど重《おも》いお産《さん》じゃなかった。かわいいオスの子牛が生まれたわ。さ、帰りましょうか？」

ジャスミンは心の中でさけびました。

いやよ！　あの子ぶたを見殺《みごろ》しになんかできない！

「わたし、ちょっと、子ぶたちゃんたちにさよならをいってくる」

「いいわ、でも、いそいでね。早く家に帰って、お茶の用意《ようい》をしなきゃならないから」

「うん、すぐすむ。見てくるだけ」

もし、あの子ぶたがおっぱいを飲《の》んでいたら、たぶん子ぶたはだいじょうぶ。やることは何もありません。

でも、もし、乳首《ちくび》をくわえることができていなかったら、話はべつです。子ぶたを見捨《みす》てて、あのなさけ知らずのカーターさんの手にゆだねれば、残酷《ざんこく》な結果《けっか》になるにちがいないのです。

ジャスミンは、ぶた小屋《ごや》の上半分のドアから身《み》をのりだして、子ぶたのほう

を見ました。
　あのちっぽけな子ぶたは、さっきジャスミンがおいたままのかっこうで二ひきの兄弟ぶたの上にのっかって、目を閉《と》じ、激《はげ》しくふるえています。母さんぶたの乳首《ちくび》が鼻面《はなづら》にさわっているのに、まったく吸《す》いつくようすがありません。
　ジャスミンはすばやくまわりを見ました。お母さんは、薬《くすり》や器《き》具《ぐ》を車のトランクに運《はこ》び入れています。
「ジャスミン、早く長ぐつの泥《どろ》を落《お》と

して！」と、お母さんが呼《よ》びました。

ジャスミンは決心《けっしん》しました。

お母さんには聞くだけむだです。よその農家《のうか》からだまって動物《どうぶつ》をもってくるなんて、お母さんはゆるさないにきまっています。

「それは、どろぼうです」と、いうかもしれません。それに、そんなことをごちゃごちゃいい争《あらそ》う時間もないのです。

だって、あのかわいそうな子ぶたは、今にも死《し》にそうではありませんか。

ジャスミンは下半分のドアをあけ、しのび足でぶた小屋《ごや》に入りました。

そうっとそうっと、ちっちゃな子ぶたの頭の下に片手《かたて》を入れ、もう片方《かたほう》の手を、ふるえている背中《せなか》の下にさしいれて抱《だ》き上げました。

子ぶたのからだは、全体《ぜんたい》がうすいピンク。片方《かたほう》の耳だけが黒くて、背中《せなか》にもいくつか黒い斑点《はんてん》があります。大きさはモルモットほどしかありません。

ジャスミンは子ぶたにささやきました。
「あんたが男の子か女の子かわかんないけど、わたしにはなんだか女の子みたいな気がする。これからは、トリュフって呼《よ》ぶわね。それなら、もし男の子だったとしてもおかしくないもの。トリュフって男の子もいそうじゃない？」
ジャスミンが立ち上がって、そうっとジャケットのポケットの中に入れたときも、トリュフは目を閉《と》じたまま、鳴き声ひとつ上げませんでした。

あんまり小さいので、ポケットはほとんどふくらまず、何も入っていないみたいです。

「お願《ねが》い、死《し》なないでね、トリュフ」ささやきながら、ジャスミンはぶた小屋《ごや》を出て、ドアにかんぬきをかけました。

「約束《やくそく》する。あんたのめんどうはわたしが見る。だから、家に帰りつくまで、がんばって。家なら、うんとよくめんどうをみてあげられるから」

右手でポケットの中の子ぶたを支《ささ》えながら、左手のブラシで大いそぎで長ぐつの泥《どろ》をこすりおとしました。それから、消毒液《しょうどくえき》をみぞに流《なが》し、バケツを車のトランクにつっこみました。

「もういい?」お母さんが、シートベルトをつけてエンジンをかけながら、ジャスミンに聞きました。

「うん、いいよ」

かくしもった子ぶたをジャケットの上から手で守《まも》りながら、ジャスミンは、慎重《しんちょう》に車に乗《の》りこみました。

3 ここなら安心《あんしん》よ

家に帰ると、ジャスミンは、納屋《なや》にいきました。そして、わらをバッグに詰《つ》めこんで自分の寝室《しんしつ》にもどり、段《だん》ボール箱《ばこ》に入れました。それから、その箱《はこ》を、壁《かべ》ぎわにとりつけられた暖《だん》房器《ぼうき》とベッドのすき間に押《お》しこみました。

もし、だれかが部屋《へや》に入ってきても、箱《はこ》はベッドのかげになって見えないはずです。

ねこのマーマイトとタフィーが部屋《へや》にいなかったので、ジャスミンはほっとしました。新入りの子ぶたを見つけて二ひきのねこが何をするか、わかったものではありません。

ジャスミンは、トリュフをジャケットのポケットからとりだしました。

ちっちゃな子ぶたはまだ目を閉《と》じています。浅《あさ》い呼吸《こきゅう》はとても速《はや》くて、ジャスミンは心配《しんぱい》でなりません。そっと、トリュフにささやきました。

「食《た》べ物《もの》をもってくるね、トリュフ。ここにいれば、もう安心《あんしん》だから」

ジャスミンは子ぶたを箱《はこ》の中にもどしました。暖房器《だんぼうき》の温度《おんど》を最大《さいだい》まで上げたので、部屋《へや》はすぐに温《あたた》かくなりました。

でも、トリュフはやっぱりふるえています。

ジャスミンは、背骨《せぼね》のつきでた、やせた背中《せなか》をしばらくなでてやりました。

「すぐにもどってくるから、そこでゆっくり休んで、力をとりもどしてね」

ジャスミンはトリュフの頭にキスすると、立ち上がって階段《かいだん》をかけおりました。

台所《だいどころ》のテーブルでは、マヌとベンが、深《ふか》なべの中のなにやら得体《えたい》の知れないものを、せっせとかきまぜています。

テーブルにはお茶の用意《ようい》ができていますが、お母さんのすがたは見えません。たぶん事務所《じむしょ》で、たまった書類《しょるい》を大いそぎで片《かた》づけているのです。

姉さんのエラも見あたりません。自分の部屋《へや》へ引きあげたのでしょう。

ジャスミンはコンロのところへ行って、やかんにさわってみました。

温《あたた》かいけれど熱《あつ》くはなく、ちょうどいい温度《おんど》！

そのお湯《ゆ》をマグカップに少しつぎました。

「雄牛《おうし》と白くまがたたかったら、どっちが勝《か》つと思う？」と、とつぜんベンがしゃべりだしました。

「雄牛《おうし》にきまってるさ。だって、白くまなんて、ほんとはいないんだから」

と、マヌがこたえました。

「いるんだよ、ほんとに」とベン。

「どうしてわかるんだい？　見たことあるの？」

「いっぱい写真《しゃしん》を見たよ」

「でも、それ、ほんとは写真《しゃしん》じゃなくて、絵だったら？」

「絵じゃないってば。それに、見たことないのにほんとにあるものって、いっぱいあるじゃないか」

「どんなもの？」

「えーと、内臓《ないぞう》やなんか。心臓《しんぞう》とか肝臓《かんぞう》とか、そんなやつ」

「ぼく、内臓《ないぞう》があるなんて信《しん》じない」

「信《しん》じない？　じゃあ、きみのおなかの中には何があるのさ？」

「さあ、わかんない。おなかの中なんて見たことないから」

「でも、ちゃんとあるって、科学者《かがくしゃ》がいってるんだよ」

「その科学者《かがくしゃ》が、うそついてたら？」

ジャスミンは、お湯《ゆ》を入れたマグカップをもって、食器《しょっき》や薬《くすり》がしまってあるとなりの部屋《へや》に入りました。

どうか、初乳《しょにゅう》がありますように。

子ぶたの世話《せわ》をしたことはありませんが、生まれたばかりの病気《びょうき》のひつじに、哺乳《ほにゅう》ビンでミルクを飲《の》ませたことは何度《なんど》もあります。そんな子ひつじは、初乳《しょにゅう》を飲《の》ませられるかどうかで、生きるか死《し》ぬかがきまるのです。

初乳《しょにゅう》というのは、生まれたばかりの子どもに母親が最初《さいしょ》にあたえるおっぱいです。たんぱく質《しつ》が豊富《ほうふ》で、赤《あか》ん坊《ぼう》を病気《びょうき》から守《まも》るはたらきをする成分《せいぶん》も含《ふく》まれています。

母ぶたの初乳《しょにゅう》を飲《の》むことができなかったトリュフには、なんとしても、粉末《ふんまつ》になった初乳《しょにゅう》をあたえなくてはならないのです。

ジャスミンは南京錠《なんきんじょう》の番号《ばんごう》を合わせ、薬をしまっている戸棚《とだな》をあけました。たくさんの薬ビンや錠剤《じょうざい》の箱《はこ》をかきわけてさがすうち、ありました！　注射器《ちゅうしゃき》の袋《ふくろ》のうしろに、一頭分の粉末《ふんまつ》の初乳《しょにゅう》が！

「これだ！」ジャスミンは、声を殺《ころ》して勝利《しょうり》のさけびを上げると、初乳《しょにゅう》の袋《ふくろ》をとりだし、ジャケットのポケットに押《お》しこみました。

それから、薬戸棚《くすりとだな》を閉《し》めてかぎをかけ、今度《こんど》は流しの下の戸棚《とだな》をあけました。そこに、ひつじにミルクを飲《の》ませるときの道具《どうぐ》がしまってあるのです。

ジャスミンは、ゴムの乳首《ちくび》と目盛《めも》りのついた哺乳《ほにゅう》ビンをとりだして、ジャケットのもう一方のポケットにしまいこみました。ありがたいことに、この上着《うわぎ》には大きなポケットがいくつもついています。

それから、おいておいたマグカップをとりあげ、自分の部屋《へや》へもどりま

した。

　段《だん》ボール箱《ばこ》をのぞきこむと、トリュフは、まるでひきつけを起《お》こしたみたいにひどくふるえています。

「具合《ぐあい》はどう？　おチビちゃん」ジャスミンはささやきながら、子ぶたのふるえる背中《せなか》をなでました。「すぐにミルクをあげるからね。そうしたら、うんと気分がよくなると思うよ」

　ジャスミンは、ベッドわきの小さなテーブルにマグカップをおきました。そして、ベッドにすわり、ポケットから戦利品《せんりひん》をとりだしました。

　哺乳《ほにゅう》ビンのふたをとり、粉末初乳《ふんまつしょにゅう》の袋《ふくろ》をやぶって中《なか》身《み》をビンに入れました。袋《ふくろ》の裏《うら》に書いてある説明《せつめい》をよく読み、量《りょう》をまちがえないように注意《ちゅうい》してお湯《ゆ》を注《そそ》ぎ

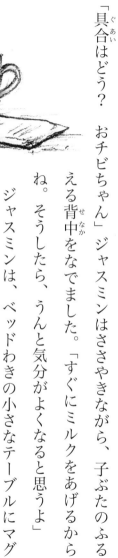

入れました。

説明書《せつめい》きには、粉末《ふんまつ》の乳《ちち》がダマにならないように、泡立《あわだ》て器《き》で三分間かきまぜること、と書いてありますが、ここに泡立《あわだ》て器《き》はありません。

台所《だいどころ》にとりに行けば、だれかに見つかって、あやしまれる危険《きけん》があります。

そこで、ジャスミンは、ゴムの乳首《ちくび》を親指《おやゆび》と人さし指《ゆび》でぎゅっとつまみ、中身《なかみ》がとびでないようにしてから、哺乳《ほにゅう》ビンを激《はげ》しくふりました。ベッドの目覚《めざ》まし時計を見ながらの三分間は、とても長く感《かん》じます。

ふりおわると、上着《うわぎ》のそでをまくり、手首の内側《うちがわ》に、哺乳《ほにゅう》ビンのトロリとした黄色い液体《えきたい》を二、三滴《てき》たらしました。

こうやって、ミルクの温度《おんど》を見るのです。もし、手首の内側《うちがわ》のうすいひふが熱《あつ》いと感《かん》じたり冷《つめ》たいと感《かん》じたりしたら、赤ちゃんにちょうどよい温度《おんど》とはいえません。

手首にたらしたミルクは、まさにぴったりの温度《おんど》。さあ、これで準備《じゅんび》は整《ととの》いました。

ところが、ちょうどそのとき、一階《いっかい》から事務所《じむしょ》のイスを引く音がして、お母さんの呼《よ》ぶ声が階段《かいだん》を上がってきました。

「ジャスミン！　夕ごはんよ！」

なんてタイミングが悪いの！

今、夕飯《ゆうはん》におりていけば、少なくとも三〇分はかかって、トリュフにミルクをやるのが三〇分遅《おく》れる。

その三〇分が、子ぶたの生死《せいし》を分けるかもしれないのに！

4 ほんのちょっぴりずつ

ジャスミンは、哺乳《ほにゅう》ビンを段《だん》ボール箱《ばこ》のわきにおくと、すぐに部屋《へや》を出てドアを閉《し》めました。お母さんが部屋《へや》に入ってきてはたいへんです。

踊《おど》り場《ば》で、ジャスミンはお母さんとはちあわせました。

「あら、そこにいたの。おりてらっしゃい。夕ごはんよ。おなかがペコペコでしょ」

「わたし、ぜんぜんおなかすいてないの。夕ごはん、食べられそうにない。なんか気持《きも》ち悪くて」

もちろん、うそです。

お母さんはまゆをはねあげました。

「また、部屋《へや》でおかしを食べたの？」

ジャスミンは怒《おこ》ったようにいいました。

「ちがうわ。おかしなんてもってないもん」

「どうしたのかしらね」お母さんは、てのひらをジャスミンのひたいにあて、顔をのぞきこみました。「元気そうに見えるけど……。とにかく、おりてきて食べてみれば？　いつもの皮《かわ》つきジャガイモだから」

「食べられないよ」ジャスミンは片手《かたて》でおなかを押《お》さえて、痛《いた》そうなふりをしました。「おなかの具合《ぐあい》がすごくへんなの。ベッドで寝《ね》ててもいい？」

お母さんはおどろいたようすです。

「あら、そんなに？　じゃあ、洗面器《せんめんき》もってくるわ。ひょっとしたら、吐《は》いちゃうかもしれないものね」

「いいよ、もうもってきてるから」と、ジャスミンはあわてていいました。

お母さんが部屋《へや》に入ってくることだけは、なんとしても防《ふせ》がなくては。

「まあ、なんていい子！」と、お母さんはジャスミンの頭のてっぺんにキスしました。「それじゃ、早く横《よこ》になって休みなさい。こまったら呼《よ》んでね」

お母さんはそういうと、今度《こんど》はエラの部屋《へや》をノックしました。

「エラ、ごはんよ！」

ジャスミンはいそいで部屋《へや》にもどりました。

お母さんにうそをついたのは気がとがめますが、子ぶたの命《いのち》がかかっているのだから、しかたがありません。

ジャスミンは床《ゆか》にすわりこむと、箱《はこ》から、ふるえている赤ちゃんぶたをそっととりだし、膝《ひざ》の上にのせました。それから、やさしく子ぶたの口に哺乳《ほにゅう》ビンの乳首《ちくび》をもっていきました。

でも、トリュフは、何も反応《はんのう》しません。

ジャスミンはしんぼう強く、乳首《ちくび》を子ぶたの口につけて待《ま》ちました。それでも、子ぶたは口を閉《と》じたままです。

ジャスミンは、指《ゆび》で子ぶたの口をこじあけようとしました。ところが、子ぶたは、おどろくほどがんこに口を閉《と》じています。

ジャスミンの指《ゆび》に、しっか

りと食いしばった小さなするどい歯《は》がさわりました。

ジャスミンは、その歯《は》のあいだに、ゴムの乳首《ちくび》を押《お》しこもうとしましたが、すべるばかりで、うまくいきません。

何度もやってみましたが、子ぶたは吸《す》いつくようすをまったく見せません。もう、そんな力はないのです。

今までにも、こんな子ひつじが何頭かいました。あまりにも弱っていると、哺乳《ほにゅう》ビンではダメなのです。

こうなると、初乳《しょにゅう》は、薬戸棚《くすりとだな》の中にあった注射器《ちゅうしゃき》であたえなければなりません。

ジャスミンは考えました。今、台所《だいどころ》ではみんなが夕ごはんを食べているまっさいちゅうだ。見つからずに薬戸棚《くすりとだな》のところに行くには、外から行くしかない。

ジャスミンは、しのび足で階段《かいだん》をおりると、そうっと玄関《げんかん》のドアをあけました。

外は寒《さむ》い十一月の夜。ジャスミンは外に出ると、いそいでドアを閉《し》めました。それから、裏口《うらぐち》へまわりました。さいわい、裏口《うらぐち》のドアは、お父さんが寝《ね》る前にかんぬきをかけるまでは、だれもかぎをかけません。

ジャスミンは、息をひそめて、裏口《うらぐち》のドアに手をかけました。

「どうか、ドアが鳴りませんように」

けれど、たとえドアがギーギー鳴ったとしても、なんてことなかったのです。だって、台所《だいどころ》は大さわぎでしたから。つけぱなっしのラジオががなりたてているうえ、マヌとベンが爆笑《ばくしょう》につぐ爆笑《ばくしょう》で、裏口《うらぐち》のドアの音なんか、だれにも聞こえるはずがありません。

ジャスミンは戸棚《とだな》の南京錠《なんきんじょう》をあけ、注射器《ちゅうしゃき》の袋《ふくろ》に手をのばしました。

すると、しまった！　ビンがひとつ、ひっくりかえって、タイル張《ば》りの床《ゆか》をカラカラころがりました。

ジャスミンは思わず息《いき》をとめ、耳をすましました。でも、台所《だいどころ》ではさっきの大さわぎがつづいています。

ほっとしてビンを拾《ひろ》い上げると、戸棚《とだな》にもどしました。それから、つま先立って手をのばし、戸棚《とだな》の奥《おく》から、殺菌《さっきん》したビニール袋《ぶくろ》に入っている注射器《ちゅうしゃき》を慎重《しんちょう》にひっぱりだしました。

それをポケットに入れると、また、そうっとしのび足で裏口《うらぐち》から外に出て、家を半周《はんしゅう》して玄関《げんかん》から入り、自分の部屋《へや》に帰りつきました。

あいかわらず、トリュフは激《はげ》しくふるえています。おまけに、口から泡《あわ》を吹《ふ》いています。これは、具合《ぐあい》がさらに悪くなっている証拠《しょうこ》です。ぐずぐずしてはいられません。

ジャスミンは哺乳《ほにゅう》ビンの口をはずし、針《はり》のついていない注射器《ちゅうしゃき》の先を、初乳《しょにゅう》の液《えき》の中に入れました。そして、ピストンを引き、トロリとした初乳《しょにゅう》を注射器《ちゅうしゃき》の中に吸《す》い上げました。

ジャスミンはベッドのはしにすわると、子ぶたをそうっと膝《ひざ》にのせ、やさしく話しかけながら仕事《しごと》にかかりました。

「さあ、トリュフ」かたく閉《と》じられた歯をこじあけるようにして、注射器《ちゅうしゃき》の先を口の中に押《お》しこみました。「わたしのためだと思って、飲《の》んで。吸《す》わなくてもいいの。ほんのちょっぴりずつ、のどに入れるから。ちょっぴりずつよ、いい？」

ありがたいことに、初乳《しょにゅう》は、ほんの少しずつですが、トリュフののどへ入っていきます。

よかった！

それからずいぶん長いあいだ、ジャスミンは同じかっこうでじっとすわったまま、注射器《ちゅうしゃき》を支《ささ》えていました。

なんとか生きてる赤ちゃんぶたの小さな口もと……。ジャスミンの目には、そのほかのものは何も見えませんでした。

もし、これでうまくいかなかったら、お母さんに相談《そうだん》するしかありません。お母さんは、きっと子ぶたを盗《ぬす》んだことを怒《おこ》るでしょうが、すご腕《うで》の獣医《じゅうい》ですから、トリュフを救《すく》うために、あらゆることをやってくれるにちがいありません。そして、もし、そのお母さんにもトリュフが救《すく》えなかったら、おそらく世界じゅうのだれにも救《すく》えないでしょう。

けれども、一方で、ジャスミンにはわかっていました。

たぶん、ベテランのお母さんだって、ジャスミンが今までやったこと以上《いじょう》にやれることはないのです。からだを温《あたた》めて、ミルクをやること以外《いがい》に。

ところが、奇跡《きせき》が起《お》こりました！

注射器《ちゅうしゃき》のピストンが、初乳《しょにゅう》をほとんど子ぶたの口の中に押《お》しだしてしまったちょうどそのとき、とつぜん、トリュフの目があいたのです。

「トリュフ！　ああ、トリュフ、元気になったのね！」ジャスミンは、小声で思わずさけびました。
子ぶたの目は、ほんとうにきれい！　深《ふか》い紺色《こんいろ》のひとみのまわりを、カールした長いまつ毛が囲《かこ》んでいます。
でも、ほんの数秒《すうびょう》で、目はまた閉《と》じてしまいました。
「あけて。ねえ、トリュフ、目をあけてよ」

けれども、トリュフは目をあけません。からだは、まだブルブルふるえています。

「きっと、オーブンに入れて温《あたた》めてやらなくちゃならないんだわ。よし、みんなが台所《だいどころ》からいなくなったら、すぐオーブンに入れてあげる」

ジャスミンの家の大型《おおがた》オーブンは、いつもつけっぱなし。四つの部分に分かれていて、それぞれちがう温度《おんど》に保《たも》たれています。

右上の部分《ぶぶん》はとても高温《こうおん》になりますが、左下の部分《ぶぶん》はほんのり温《あたた》かいくらいなので、病気《びょうき》の動物《どうぶつ》を温《あたた》めるのにちょうどいいのです。

お父さんは、母親をなくしたひつじの赤《あか》ん坊《ぼう》を、よく、この中に入れて温《あたた》めます。でも、ぶたの子を入れたことは一度《いちど》もありません。

とつぜん、ジャスミンはいいことを思いつきました。

「そうだ、湯《ゆ》たんぽをもってきてあげる。ちょっとだけ待《ま》っててね。初乳《しょにゅう》も、もっともってくるから」

ジャスミンは、トリュフをそっと段《だん》ボール箱《ばこ》にもどし、まわりをわらでかためました。それから、台所《だいどころ》におりていきました。

湯《ゆ》たんぽなら、もし見つかっても、いいわけができます。おなかが痛《いた》いので温《あたた》めるといえばいいのです。

台所《だいどころ》には、ベンのお母さんがきていました。お茶のカップを手に、流《なが》しのそばに立って、ジャスミンのお母さんとおしゃべりしています。

お父さんは、大型《おおがた》オーブンに背中《せなか》をあずけ、農場《のうじょう》で一日はたらいて冷《ひ》えきったからだを温《あたた》めています。ベンとマヌは、まだテーブルでチョコクッキーを食べています。

ベンのお母さんがいいました。

「きょうは、ふたりとも学校ではおりこうだったかしら？　まさか、一週間に二度《にど》も校長室でお説教《せっきょう》じゃ、困《こま》るものねえ」

ジャスミンの家族《かぞく》全員《ぜんいん》が、ショックに目を見開《みひら》いてマヌを見ました。

「マヌ、あなた、校長先生にしかられたの？」とお母さん。

最高《さいこう》のタイミングだ！　ジャスミンはほくそえみました。もう、だれもジャスミンのほうなど見ていません。みんなのうしろにまわって流《なが》しへ行き、やかんに水を入れて火にかけました。

「まあ、どうしましょ。ごめんなさいね」ベンのお母さんが弱りきった顔でいました。「このこと、とっくに知ってると思ったのよ」

今では、ジャスミンはほとんど透明《とうめい》人間です。なんの気がねもなく、流《なが》しの下から、毛糸のカバーに包《つつ》まれた湯《ゆ》たんぽをとりだしました。

エラがおどろいた顔でマヌにたずねました。

「校長室に呼《よ》びだされたって？　あんた、まだ一年生よ。いったい何やったの？」

「ぼくたちだけじゃないよ。アルフィーとノアもだよ」と、マヌがいいました。

「ぼくたち、悪《わる》いことしてないのに、アルフィーの姉さんが大さわぎしたんだ」とベン。

「何をやったの?!」お母さんが、マヌをにらみました。

「バイオレント・ベビーごっこしてただけだよ」

「バイオレント・ベビーごっこ？」

「すっごくおもしろい遊《あそ》びなんだ。ベンが考えたんだよ。全員《ぜんいん》がスーパーヒーローになって遊《あそ》ぶんだけどね、赤ちゃんのスーパーヒーローなんだ。だから、みんなハイハイしかできないんだよ！」マヌがそういうと、ベンが誇《ほこ》らしげにわらって説明《せつめい》しました。

「まず、それぞれが校庭《こうてい》の四つのすみにいて、そこからハイハイで出発《しゅっぱつ》して、まん中で出会ったら、そこでとっくみあいするわけ」

「すっごく楽しいんだよ。でも、アルフィーの姉さんが、ごちゃごちゃ文句《もんく》をつけて、やめさせようとしたんだ。幼稚園《ようちえん》の子がこわがるとかなんとかいってさ。でも、ぼくたちが知らん顔して遊《あそ》んでたら、すっごくいじわるな給食係《きゅうしょくがかり》のおばさんにいいつけたんだ」

「そう。あのカビのはえたカブみたいな顔のおばさんにね」

「ベン！」と、ベンのお母さんが大声を上げました。

「そいでもって、そのカブみたいなおばさんが、ぼくたちを校長室につれていったんだ。ぼくたち、なーんにも悪いことやってないのに」

そこにいた全員が、いっせいにしゃべりだしました。

やかんのお湯《ゆ》は、もうほとんどわいています。

ジャスミンはお湯《ゆ》を湯《ゆ》たんぽに入れると、だれにも気づかれないまま、台所《だいどころ》をぬけだしました。

5 死《し》なせるものですか

その夜、そろそろ十時半というころ、やっとジャスミンは、お母さんが階段《かいだん》を上がって自分の部屋《へや》に入る足音を聞きました。

家族《かぞく》が寝静《ねしず》まるのを、今までずっと待《ま》っていたのです。

ジャスミンは、段《だん》ボール箱《ばこ》から、そっとトリュフをとりだしました。

夕方から今までのあいだに、初乳《しょにゅう》はほとんど飲《の》ませることができましたが、トリュフのふるえはとまらず、呼《こ》吸《きゅう》もまだとても速《はや》いのです。

立たせようとしてみましたが、トリュフはよろよろして、すぐに横倒《よこだお》しになってしまいます。

ひざの上でブルブルふるえているちっぽけな子ぶたを見ながら、ジャスミンは、いやな予感《よかん》を一生けんめい追《お》いはらおうとしました。

大型《おおがた》オーブンの中にひと晩《ばん》入れて温《あたた》めれば、きっと元気になる。今までにも、ひ弱なひつじの赤《あか》ん坊《ぼう》が何頭もそれで助《たす》かったんだもの。

でも、実際《じっさい》には、助《たす》からなかった子ひつじもいたのです。

ジャスミンの頭に、子ひつじハリーのすがたが、ふりはらってもふりはらっても浮《う》かんできました。この春に産《う》まれた子ひつじです。

ハリーは生まれたとき、今にも死《し》にそうに弱っていました。お父さんが大型《おおがた》オーブンに三度《ど》入れて温《あたた》めてやりましたが、それでも結局《けっきょく》、死《し》んでしまったのです。

「自然《しぜん》にゆだねるしかないときもあるのさ」とお父さんはいいました。

でも、ジャスミンは、それから何日も、だれにもなぐさめようがないほど落《お》ちこんでしまいました。

今、カーターさんのいったことばが頭をよぎります。

「適者生存《てきしゃせいぞん》」ですって？

お母さんは、生まれたばかりの弱い動物《どうぶつ》にとって、最初《さいしょ》の夜が生死《せいし》の分かれ目だといいます。もし、その動物《どうぶつ》が死《し》ぬ運命《うんめい》にあるとしたら、つぎの朝までは、もたないものだと。

ジャスミンはふるいたって、腕《うで》の中のトリュフにささやきました。

「あんたは死《し》なない。死《し》ぬわけない。だって、わたしが絶対《ぜったい》にあんたを死《し》なせないからよ」

ジャスミンは、自分のふわふわの毛布《もうふ》で、子ぶたをそっとおおいました。

今のところ、家の中はしんとしていますが、油断《ゆだん》はできません。さっきは、ほんとにあぶないところだったのです。

というのは、お母さんがジャスミンの具合《ぐあい》を見に、いきなり部屋《へや》に入ってきたのです。ジャスミンは、とっさに、トリュフの段《だん》ボール箱《ばこ》の上に毛布《もうふ》を投《な》げかけていいました。

「この毛布《もうふ》、暑《あつ》すぎる！」

さいわい、お母さんはちょっと変《へん》な顔をしただけで、トリュフの箱《はこ》には気づきませんでしたが。

さて、ジャスミンは、毛布《もうふ》でくるんだトリュフを抱《だ》いて、こっそり部屋《へや》からでると、しのび足で階段《かいだん》をおりていきました。

ガサガサッ！　とつぜん居間《いま》の方から聞こえた音に、ジャスミンはとびあがって悲鳴《ひめい》を上げました。

〝週刊農場新聞《しゅうかんのうじょうしんぶん》〟を手にしたお父さんが、ぬっとろうかに現《あらわ》れました。

「ジャスミン！　今ごろ何だ？」

「あ、お父さん……、寝《ね》てると思ってた」

「おまえこそ、とっくに寝《ね》てると思ってたぞ」お父さんはジャスミンの抱《かか》えた毛布《もうふ》を見て、まゆをよせました。「いったい何やってる？」

「これは……、あのう……、びっくりプレゼントなの。お父さんの誕生日《たんじょうび》の」

「おれの誕生日《たんじょうび》の？　そりゃあ、たしかにびっくりだな。誕生日《たんじょうび》は半年も先なんだから」

「早めに準備《じゅんび》してるの」

「まあ、いいから、もう寝《ね》ろ。子どもはちゃんと睡眠《すいみん》をとらなくちゃいかん」

「水、一杯《いっぱい》飲《の》んでから。すぐすむわ」

「じゃあ、いそいで。からだが冷《ひ》えきってしまうぞ」

お父さんはそういって、新聞をもったまま二階《かい》の寝室《しんしつ》へ向《む》かいました。

ジャスミンは台所《だいどころ》に入ると、電気をつけ、大型《おおがた》オーブンの左下のとびらをあけました。

リサイクル用の箱《はこ》から古新聞をもってきて、ほのかに温《あたた》かいオーブンの中に敷《し》きました。そして、ちっちゃな子ぶたにキスしてから、新聞紙の上に寝《ね》かせました。

「とびらは少しあけておくわね。今夜は一時間ごとにきて、ミルクをあげる。心配《しんぱい》しなくていいのよ。この中は安全《あんぜん》だし、あすの朝早くきて、みんなが起《お》きだす前に、あなたを部屋《へや》につれていくから」

トリュフにそうささやくと、ジャスミンは部屋《へや》にもどりました。それから、一時間ごとにベルが鳴るように、目覚《めざ》まし時計をセットしました。

6 何？ あの音

だれかの大声で、ジャスミンは目が覚《さ》めました。

「ぼくのサッカーシューズ、どこ？」

マヌです。マヌが、二階《かい》の踊《おど》り場《ば》でどなっているようです。

「あなたがぬいだ場《ば》所《しょ》に、あるでしょ！」

今度《こんど》はお母さんの声。階段《かいだん》の下から聞こえてきます。

「それって、どこさ？」

「さあ？　どうして、あなたのくつのことを、わたしが知ってるの？」

しまった!!　ジャスミンははね起《お》きました。

トリュフは?!

昨夜《さくや》はひと晩《ばん》じゅう、一時間ごとに階段《かいだん》をしのび足でおりていって、トリュフにミルクを飲《の》ませたのです。

そして、六時にミルクをやったあと、トリュフを部屋《へや》につれてくるつもりだったのに……。

今、いったい何時？

ジャスミンは、ベッドの横の目覚《めざ》まし時計をひっつかみました。

八時半！　ということは、六時のベルで起《お》きられなかったんだ！

もう、みんな起《お》きている。それなのに、トリュフはまだオーブンの中。いったいどうやってトリュフを部屋《へや》にもどせばいいの？

ジャスミンはベッドからとびだすと、はだしのまま、ころがるように階段《かいだん》をおりていきました。

台所《だいどころ》では、お母さんがコートをぬいでいるところでした。どこかの農場《のうじょう》から呼《よ》びだされて帰ってきたばかりなのでしょう。

ジャスミンが台所《だいどころ》に入ってきたのを見て、お母さんはにっこりほほえみました。

「今、起《お》きたとこなの？　まあ、足が冷《ひ》えるじゃないの。スリッパをはいてらっしゃい」

「いい、寒《さむ》くない」

とにかく、すぐトリュフのようすを見なくてはなりません。どうやら、まだだれも気づいていないようです。

お母さんは流《なが》しに行き、やかんに水を入れ始《はじ》めました。お母さんが背中《せなか》を向《む》けるのを待《ま》って、ジャスミンはオーブンにかけよりました。

オーブンのとびらに手をかけたとたん、カミナリみたいな足音が階段《かいだん》をおりてきて、マヌが台所《だいどころ》にとびこみ、朝食のテーブルにつきました。

よりによって、オーブンのま正面に。

そして、ジャスミンに質問《しつもん》しました。

「ねえ、どっちが早く死《し》ねると思う？　イチイの実《み》と、ネコイラズと」

ジャスミンはこたえませんでした。

最悪《さいあく》！　こんな中で、いったいどうやってトリュフのようすを見ればいいいの？　生きてるかどうかさえ、まだわからないのに。

「こたえは、イチイでした」と、マヌが自分でこたえました。

だれも相手《あいて》になってくれないとき、マヌはいつも、ひとりふた役《やく》で会話するのです。

「なんでかっていうと、ネコイラズはねずみを殺《ころ》すもので、ねずみはちっちゃいでしょ。でも、イチイの実《み》は、牛とか馬みたいなおっきな動物《どうぶつ》も殺《ころ》せるからだよ」

一方、ジャスミンは、ただひたすら祈《いの》りつづけました。

どうかトリュフ、生きてて！　お願《ねが》い、生きてて！

裏口《うらぐち》のドアがあいて、食器部屋《しょっきべや》のほうから、外の冷《つめ》たい風が吹《ふ》きこんできました。ドアの閉《し》まる音がして、お父さんの長ぐつをぬぐ音が聞こえてきます。

「ホットケーキ、食べる人？」戸棚《とだな》から卵《たまご》の入った箱《はこ》をとりだしながら、お母さんが聞きました。

「シロップかけていい？　なら、食べる」と、マヌがいいました。

「ブロッサムは、今週たくさん産《う》んだのね、ジャスミン」斑点《はんてん》のついた茶色い卵《たまご》が箱《はこ》に六つも入っているのを見て、お母さんがいいました。

ブロッサムというのは、ジャスミンが飼《か》っているめんどりです。

五歳《さい》の誕生日《たんじょうび》のこと。ジャスミンがプレゼントのバスケットをあけると、生まれて一日しかたっていない黄色いふわふわのヒヨコが、干《ほ》し草《くさ》のベッドにちょこんとすわっていました。

ジャスミンがよく世話《せわ》をしたおかげで、ブロッサムはぐんぐん大きくなり、りっぱなおとなのめんどりになりました。今はもう、ほかのにわとりといっしょに小屋《こや》の中で暮《く》らしています。でも、人間にとてもよくなれているので、抱《だ》き上げられるのが大すきです。

ジャスミンがブロッサムを抱《だ》いて中庭《なかにわ》を歩

きまわったり、絹《きぬ》のような羽根《はね》をなでてやったりするあいだ、ブロッサムは腕《うで》の中におとなしくおさまっています。そして、まるでねこがのどを鳴らすみたいに、満足《まんぞく》そうにコココココと低《ひく》い声で鳴くのです。

お父さんが、くつ下に干《ほ》し草《くさ》をいっぱいくっつけたまま、台所《だいどころ》に入ってきました。

「子牛がもう一頭生まれてるぞ。かわいい牝牛《めうし》だ」

そのときです。大型《おおがた》オーブンから、ブフッという声がしました。

トリュフだ！　生きてたのね！

ジャスミンは、あんまりほっとして、めまいがしたほどです。

お母さんが、目を丸くしていいました。

「今の、何？」

ジャスミンは、すばやく頭をはたらかせました。

「わたしなの。失礼《しつれい》！」

「ジャスミン、あなたが？　でも、ずいぶん変《へん》な音」

「まるでぶたみたいだったよ」と、マヌがいいました。

そのとき、ふたたび、大型《おおがた》オーブンから聞こえてきました。今度《こんど》は、キーッという鳴き声と、ドタバタ動《うご》く音が。

みんなの目が、ちょっぴりあいたオーブンのとびらに、くぎづけになりました。

けれど、お母さんはすぐにぴんときたようです。意味《いみ》ありげな顔で、オーブンからジャスミンに目を移《うつ》しました。

一方、ジャスミンはイスの上で精《せい》いっぱい、「あら、何かしら？　わたし、さっぱりわからないわ」という顔をしました。

お母さんが、大型《おおがた》オーブンまでつかつかと歩いていきます。

ジャスミンはイスからとびあがって、オーブンのとびらの前に立ちはだかりました。

「ジャスミン。あなた、何やったの？」お母さんの低《ひく》い声には、うむをいわさぬすごみがあります。

「お願《ねが》い、怒《おこ》らないで。つれてこなきゃならなかったの。あの血《ち》も涙《なみだ》もないカーターさんが、死《し》なせようとしてたんだもの。それに、ほんとに死《し》んでたかもしれない。だって、信《しん》じられないくらいちっちゃいんだから。放《ほう》っておくわけにはいかなかったのよ」

そういうと、ジャスミンはかがんで、オーブンの中に手を入れました。そして、ちっぽけな子ぶたをとりだしました。

「ひゃー！　かわいー！」と、マヌがさけびました。

お母さんの怒《おこ》った顔が、トリュフを見たとたん、やわらぎました。

トリュフは、ジャスミンの腕《うで》の中で、まだちょっとふるえています。でも、目は、もうパッチリあいています。

またもや、ジャスミンは、子ぶたの深《ふか》い紺色《こんいろ》のひとみとクルッとカールした長いまつげに、うっとりとしびれてしまいました。

「まあ、どうしましょ！　こんなに小さい生きてるぶた、生まれて初《はじ》めて見たわ」と、お母さんがいいました。

そこへ、エラがパジャマすがたで二階《かい》からおりてきました。そして、子ぶたを見たとたん、さけびました。

「キャーッ、かっわいーい！　どっからもってきたの？」

お父さんだけは、まだきつねにつままれたような顔をしています。

「なんで、うちのオーブンから子ぶたが出てきたのか、どなたか説明《せつめい》してくれませんかな？」

お母さんが、まゆをはねあげて、ジャスミンを見ました。

「その質問《しつもん》にこたえるのは、あなたよね？　ジャスミン」

7 そこらを走りまわって、ぶたをぬすむ

「まあ、よくやったといわざるをえないわね」ジャスミンが、今までのことをすべて話し終《お》わると、お母さんはいいました。「初乳《しょにゅう》をあたえたっていうのは、まさに適切《てきせつ》な処置《しょち》だったわ」

「何時間もかかって注射器《ちゅうしゃき》でミルクを飲《の》ませたかいがあったってわけだ」

お父さんが、長年の仕事《しごと》のせいですっかりかたくなった太い指《ゆび》で、トリュフの頭をなでながらいいました。

ジャスミンはあっけにとられてしまいました。

なんだ、心配《しんぱい》することなかったんだ。今まで、こそこそかくれて世話《せわ》をして、バカみたい！

お母さんが調《しら》べてくれたので、トリュフは女の子だということもわかりました。

「じゃあ、トリュフをどこで飼《か》う？」と、ジャスミンは声をはずませました。

「もちろん、すっかり元気になってからのことだけど」

お母さんがジャスミンを見つめながら、おだやかにいいました。

「ジャス、あなたが飼《か》うわけにはいかないわよね。この子ぶたは、あなたのじゃないんだから」

「ひとさらいじゃなくて、ぶたさらいだね」とマヌ。

すると、エラがいいました。

「でも、カーターさんのところへはもどせないわよ。あの人、その子をほかのぶたといっしょにするんでしょ。そしたら絶対《ぜったい》つぶされちゃうじゃない？」

ジャスミンは、トリュフを抱《だ》きしめました。

「わたし、もどさないから。もし、むりにもどそうとするなら、わたし、この子と家出する」

お母さんはため息《いき》をつきました。

「よその農場《のうじょう》から勝手《かって》に動物《どうぶつ》をとってくるなんて、できると思ってるの？　考えてもごらんなさい。だれかがうちへやってきて、お父さんのひつじを一頭もってったりしたら、どう？　怒《おこ》るんじゃないの？」

「それとこれとはぜんぜんちがうわ。うちの農場《のうじょう》では、どんなひつじもちゃんとめんどう見てるもの。放《ほう》ったらかして死《し》なせるなんて、絶対《ぜったい》しないもん！」

「たとえそうでも、よそのものはよそのものなの」

お母さんはそういうと、お父さんのほうへ向《む》きなおりました。

「ねえ、マイケル、あなたからも、ちゃんといってやって」

「ん？」

お父さんは、さっきからずうっと、トリュフの両耳《りょうみみ》のあいだをくすぐっています。トリュフはそれにこたえるように、ブフブフと満足《まんぞく》そうな小さな声を上げています。

しめた！

ジャスミンはいいました。

「トリュフは、お父さんがすきみたいよ」

「マイケル、何かいってやってちょうだい。娘《むすめ》に、そこらを走りまわってぶたをぬすむようなまねは、させられないわよね？」

お母さんのことばに、お父さんは、われに

かえっていいました。

「そうだな、カーターじいさんとこに電話をかけさせなけりゃいかんだろうな」

「電話？」と、ジャスミンは思わず聞きかえしました。

「おまえがこのぶたを飼《か》いたいんならだ。それができなけりゃ、かえすんだな」

ジャスミンは、目を丸くしてお父さんを見つめました。

「お父さん……、それって、もし、そうしたら、飼《か》ってもいいってこと？　でも……、お父さんはぶたがきらいなんでしょ？」

「そんなことは、この際《さい》、関係《かんけい》ない。そもそも、あのじいさんが、こいつをおまえに飼《か》わせてくれるかどうかも、わからん。気むずかしい男だからな。だが、聞いてみないことには始《はじ》まらんしな」

お母さんが、お父さんを見ながら頭をふりました。

「あなた、年をとって、あまくなったわね」

「もちろん、永久《えいきゅう》に飼《か》うわけじゃないぞ。乳離《ちちばな》れするまでだ。乳離《ちちばな》れしたら、手放《てばな》す。ほかの家畜《かちく》と同じだ。ペットじゃないんだからな」

ジャスミンは、その考えに反対《はんたい》しようと口をあけました。でも、考えなおしました。

今は何もいわないほうがいい。このことは、またあとのことだ。

お母さんは、カーターさんの電話番号《ばんごう》のメモをジャスミンにわたしながら、ずっと頭をふりつづけていました。

ジャスミンは片手《かたて》でトリュフを抱《だ》いたまま、受話器《じゅわき》をとりました。

ジャスミンが番号《ばんごう》を押《お》すのを、みんなだまって見つめています。ジャスミンは緊張《きんちょう》で気分が悪《わる》くなりそうです。

エラがいいました。

「スピーカーフォンにして。カーターさんがなんていうか、わたしも聞きたい」

呼《よ》びだし音がいつまでもつづきます。

だれもいないんじゃないかしら、と思ったとき、ものすごく不機嫌《ふきげん》などなり声が鳴りひびきました。

「あー、もしもし」

緊張《きんちょう》のあまり、ジャスミンはほんとうにはき気《け》がしました。それでも、どもりながら、カーターさんに、子ぶたをさらってきてしまったことを話しました。

おどろいたことに、カーターさんは話を聞くと、とつぜん割《わ》れるような大声でわらいだしました。

まわりで耳をすましていたみんなは、目の玉が飛《と》び出るほどおどろきました。

「けさ見に行ったとき見あたらなかったから、てっきり親ぶたが食《く》っちまったかと思ってたんだ」

ジャスミンはぞっとしました。たしかに、親ぶたはときどき自分の子どもを食べることがあるのです。

トリュフがそんな目に会わなくて、よかった！　救《すく》いだしておいて、ほんとによかった！

「で、まだ生きとるのか？」と、カーターさんが聞きました。

「はい、だいぶ元気になったみたい」

そういったとたん、ジャスミンは、しまった！　と思いました。子ぶたが元気になったのを知ったら、カーターさんは、もどしてほしいというかもしれません。

「ふーん、じゃあ、あの親ぶたより、おまえさんのほうがよくめんどうを見たってわけだ」

ジャスミンは、勇気《ゆうき》をふりしぼって、蚊《か》の鳴くような声でたずねました。

「あのう……、カーターさん、子ぶた、かえしてほしいですか？」

ふたたび、割《わ》れ鐘《がね》のようなわらい声が鳴りひびきました。

「どっちみち、あの親ぶたのところじゃあ長くはもたん。おまえさんの手もとにおいとけ。おやじさんはなんといっとる？」

ジャスミンはお父さんのほうを見ました。さっきから、電話の会話に熱心《ねっしん》に聞き入っています。

「乳離《ちちばな》れするまでは、飼《か》っていいって」

「ほう、ずいぶんあまくなったもんだな」

ジャスミンは思わずほほえんでいいました。

「お母さんもそういってる」

8 モルモットより小さいね

一時間後、玄関《げんかん》のベルが鳴ったので、ジャスミンはドアをあけました。立っていたのは、親友のトム。顔をかがやかせ、ジャスミンがまだ口もあけないうちに、興奮《こうふん》したようすでたずねました。

「子ぶたを飼《か》うことになったんだって?! 自分の子ぶたなんて、すごいよ! どこにいるの?」

大いそぎで長ぐつをぬいだトムを、ジャスミンは台所《だいどころ》につれていき、しゃがんで大型《おおがた》オーブンの左下のとびらをあけました。

トリュフはまだ、横《よこ》だおしのかっこうで寝《ね》ていました。でも、うれしいことに目はパッチリあいているし、ふるえもとまっています。

トムも、ジャスミンのそばにひざをついてすわりました。口をポカンとあけたまま、目を見張《みは》っています。

「こんなにちっちゃいんだ！　知らなかったよ、ぶたがここまで小さくなれるなんて。ぼくのモルモットより小さいや」

ジャスミンは思わずわらいました。

「ほんとにそうね！」

実際《じっさい》、トムの飼《か》っているモルモットはものすごく大きいのです。おそらく、トムが、新鮮《しんせん》なくだものと野菜《やさい》を日に二回もどっさりあげてるせいでしょう。

しかも、モルモットたちは、庭《にわ》の中に広い運動場《うんどうじょう》も作ってもらっています。

だから、食事《しょくじ》の時間以外《いがい》にも、すきなだけ草が食べられるのです。

ジャスミンは、トリュフをオーブンからとりだしました。

「さっき、お母さんが、鉄分《てつぶん》の注射《ちゅうしゃ》をうったの」

「え？　病気《びょうき》？」

「そうじゃなくて、産《う》まれて一日目のぶたは、みんなうつのよ。からだを強くするためにね。トリュフ、とってもがんばったのよ。注射《ちゅうしゃ》をうたれたとき、ひと声も鳴かなかったの」

「ぼくにも抱《だ》かせてくれる？」

ジャスミンは、トリュフをそっとトムのひざにのせました。トムは、トリュフのつやつやした毛をなでると、びっくりしたような顔でジャスミンにいいました。

「すっごくすべすべして、あったかいんだね」

すると、そのとき、トリュフが頭を上げ、足場でもさがすように小さな足を動《うご》かしました。

「あーっ、立とうとしてる」

そこで、ジャスミンは、台所《だいどころ》のタイル張《ば》りの床《ゆか》の上に、トリュフをそうっと立たせました。

子ぶたはちょっとよろよろしましたが、倒《たお》れず立って、まわりをものめずらしげに見まわしました。

「立った！　立ったわ！　お母さん！　見て！」

お母さんが洗濯物《せんたくもの》のかごを抱《かか》えて、台所《だいどころ》に入ってきました。

「まあ、とうとう立ったのね！　これだけ元気になれば、もうオーブンに入れる必要《ひつよう》はないわね」

「わたしの部屋《へや》につれてっていい？」

「そうね、いいわ。でも、あと一日だけよ。農場《のうじょう》のどこかに、この子のねぐらをつくらなきゃ」

「えー？　でも、まだこんなに小さいのよ、お母さん。外にだしたら寒《さむ》いし、きっとさびしがるわ」

「そのうち、いい方法《ほうほう》を考えましょ。寒《さむ》くもないし、さびしくもないような場《ば》所《しょ》をね。でも、ジャスミン、この子が走りまわるようになったら、家の中にはおいておけないのよ。ちゃんとしたものを食べるようになれば、部屋《へや》をよごすにきまってるんだから。ペットみたいにトイレトレーニングできてないでしょ。いいえ、それもダメ」と、お母さんはジャスミンが口をあけたとたん、さえぎりました。「この子ぶたにトイレトレーニングしようったって、ダメよ。今でさえ、この家はじゅうぶん、しっちゃかめっちゃかなんだから」

ジャスミンは聞きました。

「どうして、わたしがいおうとしていたことがわかったの？」

お母さんが、まゆをぴんと上げていいました。

「わかるわよ、あなたが何を考えるかぐらい。さあ、洗濯《せんたく》しなきゃ」

「トリュフに、ミルク飲《の》ませたほうがいい？」

「にわとりに餌《えさ》をやったらね」

ジャスミンは子ぶたを手にすくいとると、トムにいいました。

「行こう、トム。にわとりに餌《えさ》をやるあいだ、この子はわたしの部屋《へや》においておこう」

すると、お母さんがジャスミンにいいました。

「ジャス、あなた、ほんとうにその子ぶたによくしてやったと思うわ。あなたには、動物《どうぶつ》の世話《せわ》をする才能《さいのう》があるんじゃないかしらね」

ジャスミンはうれしくてたまりません。お母さんは、ほんとうにそう思ったときしか、人をほめないのです。

トリュフを段《だん》ボール箱《ばこ》の中にもどすと、ジャスミンとトムは、裏口《うらぐち》の通路《つうろ》のところでジャケットを着《き》て、ゴム長ぐつをはきました。

裏口《うらぐち》のドアをあけると、外の空気の冷《つめ》たいこと！　水たまりには氷《こおり》が張《は》っています。

ふたりが犬小屋《いぬごや》の前を通ると、スパニエルの老犬《ろうけん》、ブランブルが、中にすわって外をながめていました。それを見てトムがいいました。

「かわいそうだなあ、ブランブル。ブラッケンがいなくなって、すごくさびしそう」

「そうなの。たいていは、お父さんといっしょに牧場《ぼくじょう》に出てるんだけど、小屋《こや》の中にいるときは、ほんとにさびしいと思うわ」

ふたりは中庭《なかにわ》を横切《よこぎ》りながら、水たまりの氷《こおり》を踏《ふ》みくだいていきました。思いっきりジャンプして、かたく張《は》った氷《こおり》の上に着地《ちゃくち》すると、バリッと音がして、中から泥水《どろみず》がしみでてきます。

もうひとつおもしろいのは、大きな水たまりに張《は》った氷《こおり》の上を、そうっとわたっていく遊《あそ》び。よほど用心しても、足もとからピシッ、メリメリッとひびが入り、そのひびが氷《こおり》の表面《ひょうめん》を走っていくのです。

にわとりは、中庭《なかにわ》の奥《おく》の古い牛小屋《うしごや》で飼《か》われています。

ジャスミンは、まず上半分のドアのかんぬきをはずし、ドアを上半分だけあけました。それから、手をのばして下半分のかんぬきをはずしました。

中にはたくさんにわとりがいて、くもの巣《す》だらけの天井《てんじょう》のはりにとまったり、地面《じめん》に掘《ほ》った巣《す》の中にすわったりしています。

ジャスミンがドアをあけはなつと、薄暗《うすぐら》い牛小屋《うしごや》の中に朝日がさしこみました。

にわとりたちは、小枝《こえだ》のような足で中庭《なかにわ》に走り出てくると、餌《えさ》をさがして、せっせと地面《じめん》をつつきだしました。ジャスミンが何度見ても見飽《みあ》きない、しあわせな光景《こうけい》です。

そして、中でも一番熱心《ねっしん》に餌《えさ》をさがしているのが、ジャスミンのにわとり、ブロッサム。ジャスミンを見つけると、かけよってきて、長ぐつにからだをこすりつけました。

「ぼくが、餌《えさ》やってもいい？」と、トムが聞きました。

ジャスミンは、トムに餌《えさ》かごをわたしました。中には、カップ一杯《いっぱい》の穀物《こくもつ》と、レタスの葉《は》、かたくなったパンの切れっぱしがいくつか入っています。

「パンは細かく砕《くだ》いてね。それから、レタスの葉《は》っぱは小さくちぎって」

トムが穀物《こくもつ》やパンくずやレタスを中庭《なかにわ》にまいているまに、ジャスミンはブロッサムを抱《だ》き上げました。背中《せなか》の羽毛をなでてやると、ブロッサムは、コーココココとやわらかい声で気持《きも》ちよさそうに鳴きます。

ブロッサムの羽毛は、金色と茶色が美《うつく》しく混《ま》じっていて、色づいた秋の木《こ》の葉《は》のよう。毛先には、まるでインクに浸《ひた》したような黒いくっきりした縁取《ふちど》りがあります。

「卵《たまご》を集《あつ》めようよ」餌《えさ》をまきおえたトムがいいました。

「卵《たまご》は午後に集《あつ》めるの。たいてい午前中に産《う》むから」

これを聞いて、トムがとてもがっかりした顔をしたので、ジャスミンはい

いました。

「でも、産《う》んでるかどうか、見てきて」

まもなく、暗い牛小屋《うしごや》の中から、トムが勇《いさ》んで現《あらわ》れました。抱《かか》えたかごの中には、斑点《はんてん》のついたすべすべした卵《たまご》が八個《こ》も入っています。

「トム」と、ジャスミンはあらたまっていいました。

「何？」

「わたし、きめた。大きくなったら何になるか」

「え？　養鶏場《ようけいじょう》をやるんじゃなかったの？」

「気が変《か》わったの。わたし、動物救急《どうぶつきゅうきゅう》センターを開く」

トムが目をかがやかせました。

「かっこいい！　ぼくも手伝《てつだ》っていい？」

「手伝《てつだ》うんじゃなくて、いっしょにやるのよ。共同経営者《きょうどうけいえいしゃ》として」

「その救急《きゅうきゅう》センターって、モルモットも助《たす》ける？」

「助《たす》けを必要《ひつよう》とする動物《どうぶつ》は、なんだって助《たす》けるわ。ねこだって、犬だって、ひつじも、ぶたも……」

「それに、ライオンも、トラも、サイも……」

「ライオンやトラを引きとったら、モルモットを食べちゃうかもしれないわよ。それに、ライオンを養《やしな》うには、ひつじの生肉《なまにく》がどっさり必要《ひつよう》になるのよ」

トムが真剣《しんけん》な顔でうなずきました。

「そうか。じゃあ、農場《のうじょう》の動物《どうぶつ》とペットだけにしなくちゃね。それでも、すごいよ」

「そのためには、農場《のうじょう》を手に入れないと」

「インターネットで調《しら》べようよ。うちの親は、いつもインターネットでいろんな家を見てるよ」

ジャスミンが、どきっとしたようにトムを見ました。

「なんで家なんか見てるの？　まさか、引《ひ》っ越《こ》すんじゃないでしょうね？」

トムはわらいました。

「ちがうよ。ただ、あれこれ家を見るのがすきなだけさ」

「よかった。そうね、ネットで農場《のうじょう》をさがしてみよう。そしたら、ちゃんとした計画が立てられるもの」

ジャスミンは、わくわくしながら中庭《なかにわ》を見わたしました。

「わたしたち、まず事務所《じむしょ》をもたなきゃね。そこで計画を全部《ぜんぶ》書きだして、壁《かべ》に貼《は》るの。そうね、きっとどっかに小屋が見つかるわ。クリスマス休みのあいだ、そこに毎日かよって計画にとりくむのよ」

「ああ、ぼくできないや。おばあちゃんちに行くんだ」

「えーっ、二週間の冬休み、全部《ぜんぶ》？」

「そう。でも、ぼく、モルモットのことが心配《しんぱい》なんだ。これまで一度《ど》も、二週間もおいてったことないんだよ。今、うちの親が、あずかってくれるペットホテルをさがしてるんだけど、もしも、その店の人が親切な人たちじゃなかったらって思うと……」

とつぜん、ジャスミンは顔をかがやかせてトムに向《む》きなおりました。

「ねえ、わたしに世話《せわ》させてよ！　わたし、あなたのモルモット大すきだし、すごくよくめんどう見るから」

トムの目もかがやきました。

「ほんと？　それって、すごーくいいよ。でも、きみの両親《りょうしん》、反対《はんたい》しない？」

「なんで反対《はんたい》するの？　世話《せわ》をするのはわたしなのよ」

「じゃあ、すぐ聞いてみて！」

「トリュフにミルクをやったらね」

ジャスミンは、ブロッサムをほかのめんどりの中に下ろすと、氷の割《わ》れた水たまりの水がはねるのもかまわず家にかけていきました。

途中《とちゅう》の犬小屋《いぬごや》にはブランブルが、やっぱり元気のない顔ですわっていました。

ジャスミンは、犬小屋《いぬごや》のドアの粗《あら》い金網《かなあみ》から手をさしいれて、ブランブルの頭をなでてやりました。

「友だちがほしいよねえ」

裏口《うらぐち》から家に入ると、通路《つうろ》に粉《こな》ミルクの大きな桶《おけ》がありました。お父さんが、子ひつじに飲《の》ませるミルクをそこにおいたのです。

「においをかいでみて。あまくていいにおいよ」と、ジャスミンはトムにいいました。

「ほんとう？」トムは信《しん》じられないといった表情《ひょうじょう》です。

ところが、ちょっぴりにおいをかいだだけで、トムはおどろいていいました。

「へえ！　ほんとにいいにおいだ。ケーキみたい」

ジャスミンは、深々《ふかぶか》とにおいを吸《す》いこみました。

「ああ、このにおいをかぐと、動物《どうぶつ》の赤ちゃんにミルクを飲《の》ませたくてたまらなくなるわ」

ジャスミンは、さっそくトリュフの哺《ほ》乳《にゅう》ビンを洗《あら》うと、トムに説明《せつめい》しながら粉《こな》ミルクを溶《と》かしました。

「これでよく混《ま》ざった、と。さあ、これをわたしの……、た、たいへん！」

ジャスミンはぎょっとした顔で、口に手をあてました。

「どうしたの？」とトムが聞いたとき、ジャスミンはもうかけだしていました。

「ねこよ！」と、階段《かいだん》をかけあがりながらさけんでいます。「部屋《へや》のドアをあけっぱなしにしてたの！　ねこがトリュフをおそってたらどうしよう?!」

何もできないちっちゃなトリュフが、ひっかき傷《きず》、噛《か》み傷《きず》だらけのあわれなすがたで横《よこ》たわっている光景《こうけい》が、いやでもジャスミンの頭に浮《う》かんできます。

ジャスミンは部屋《へや》にとびこむなり、ベッドの向《む》こうにかけつけました。

「まあ！」

「どうだった？　だいじょうぶ？」と、トムが部屋《へや》にかけこんできて聞きました。

「トム、これ、見て！」

トムも、ひと目見ていいました。

「へえ、びっくり！」

ジャスミンは、ドアのところにもどってさけびました。

「お母さん！　きて！　これ、見てよ！」

お母さんが事務所《じむしょ》から出てきて、二階《かい》を見上げました。片手《かたて》に携帯《けいたい》電話、もう片手《かたて》には手紙をもっています。

「何？　だいじなこと？　仕事中《しごと》なんだけど」

「すっごくだいじなこと。すぐすむから、早く。それに、お母さんが絶対《ぜったい》見とかなくちゃならないことよ」

ジャスミンは、階段《かいだん》を上がってきたお母さんの腕《うで》をとると、トムがのぞきこんでいるトリュフの箱《はこ》のところまでひっぱってきました。

「まあ、まあ、なんて愛《あい》らしいんでしょ！」

ちいさなちいさな子ぶたが、わらの中に眠《ねむ》っていて、静《しず》かに規則《きそく》正しい寝息《ねいき》を立てています。そして、その子ぶたにぴったりとくっついて、子ぶたの何倍《なんばい》もある大きな太った二ひきのねこ、タフィーとマーマイトが、丸くなって寝《ね》て

いるのです。

こんなおだやかで平和《へいわ》な光景《こうけい》、めったに見られるものではありません。

「お母さん、こんなの見たことある？　子ぶたとねこがなかよしになるなんて」

お母さんは、ほほえみながら首をふりました。

「ないわ。一度《いちど》も。これって、すごくめずらしいことだと思う」

ジャスミンはお母さんを見つめ、たのむようにいいました。

「じゃあ、お母さん、今すぐトリュフ

を外にだすようなことはしないよね？　だって、ふつうの子ぶたとはちがうんだもの。ね、お母さんだって、今そういったでしょ？」

お母さんはわらいました。

「気持《きも》ちはわかるわ。でも、わすれないで。この子は、ぶた。犬やねこじゃないの。親ぶたの大きさ、知ってるでしょ？　今はこんなにちっちゃくても、あっという間に大きくなるんだから。居間《いま》で飼《か》える動物《どうぶつ》じゃないわ」

そのとき、とつぜん、ジャスミンにいい考えが浮《う》かびました。こんな簡単《かんたん》なこと、今までどうして思いつかなかったのでしょう。

お母さんを見上げたジャスミンの目は、期待《きたい》にかがやいていました。

「ずうっと家の中で飼《か》うことはできないかもしれないけど、外で、だれかさんといっしょに暮《く》らすことはできるんじゃない？　今、ものすごーく友だちをほしがってる、だれかさんと」

9 新しいこと、思いついた！

クリスマス休暇《きゅうか》の最初《さいしょ》の日は、よいお天気でした。

朝、ジャスミンが、温《あたた》かいミルクの入った哺乳《ほにゅう》ビンを手に果樹園《かじゅえん》の門をあけると、草地におりた霜《しも》が朝日をうけて、ダイヤモンドのようにかがやいていました。

ジャスミンはトリュフを呼《よ》ぼうと口をあけましたが、声をだす必要《ひつよう》はありませんでした。

しっかりと太った子ぶたが、短《みじか》い足で霜《しも》をけちらし、ころがるようにかけてきます。喜《よろこ》びいさんでキーキー鳴きながら。

子ぶたとならんで、老犬《ろうけん》ブランブルがしっぽを大きくふりながら、うれしそうにはねてきます。犬小屋《いぬごや》にしょんぼりとすわっていたひと月前とは、見ちがえるほど元気です。

トリュフは哺乳《ほにゅう》ビンの乳首《ちくび》をがっちりくわえこむと、すごい勢《いきお》いでゴクゴク飲《の》み始《はじ》めました。クルッと巻《ま》いたしっぽが満足《まんぞく》そうにくねくね動《うご》いています。

ジャスミンは、トリュフをつれてきた最初《さいしょ》の晩《ばん》のことをなつかしく思いだしました。あのときは、どうしても口をあけようとしない子ぶたに必死《ひっし》で初乳《しょにゅう》を飲《の》ませようとしたものです。

このごろは、トリュフの吸《す》う力があんまり強いので、哺乳《ほにゅう》ビンをしっかりつかんでいないとビンをもっていかれてしまいます。

一分もたたないうちに、子ぶたはミルクを飲《の》みほしてしまいました。

「はい、おしまい。トリュフ、もう、ごちそうさまよ」

けれども、子ぶたは、空《から》っぽになった哺《ほ》乳《にゅう》ビンをまだすごい力で吸《す》いつづけています。

やっとのことで、ジャスミンは哺《ほ》乳《にゅう》ビンを子ぶたの口からぬきとりました。そして、代《か》わりにジャケットのポケットから、すりきれたテニスボールをとりだしました。

「さあ、今度《こんど》は、これで遊《あそ》ぼう！」

ボールを見ると、トリュフはよろこんでキーキー鳴きたてました。

ジャスミンが思いっきり遠くへボールを放《ほう》ってやると、子ぶたはボールを追《お》いかけ、果樹《かじゅ》のあいだをとびはねるように走っていきます。

そして、たちまちテニスボールをしっかりくわえて、かけもどってきました。

老犬《ろうけん》ブランブルが、誇《ほこ》らしげに見守《みまも》っています。

「おりこう！　おりこう！」ジャスミンは、トリュフのやわらかいおなかをゴシゴシかいてやりました。

子ぶたはパタンと横倒《よこだお》しに草の上に寝《ね》ころがると、うれしそうに鼻《はな》を鳴らしました。

お父さんとマヌが、牧場《ぼくじょう》のほうから歩いてきました。

「来い！　ブランブル！」

お父さんが果樹園《かじゅえん》の門をあけて待《ま》っていると、ブランブルはパッと走ってきました。年はとってはいますが、今でも、主人といっしょに牧場《ぼくじょう》を歩きまわるのが何よりすきなのです。

柵《さく》ごしに果樹園《かじゅえん》の中を見ていたお父さんが、顔をしかめました。

「そのぶたは、ずいぶんけっこうなことをしてくれたな。あちこちやたら掘《ほ》りかえして」

「でも、しかたないわ。これはぶたの本能《ほんのう》だもの。お父さん、知ってた？　ぶたは、地下二メートルにあるものにおいもわかるのよ。だから、イタリアでは、土の中のトリュフをさがすのに、ぶたを使《つか》うんだって」

とつぜん、マヌが大声でわらい出しました。

「トリュフを？　なんでわざわざ、トリュフチョコを土の中に埋《う》めるのさ？」

「チョコのトリュフじゃなくて、トリュフっていうキノコがあるの」

「へえ、そうなんだ。だから、トリュフって名前つけたの？」

「とにかく、このあたりにはトリュフなんか生《は》えん。ぶたは下草を荒《あ》らしとるだけだ。さあ、ブランブル、行くぞ。ひつじどものようすを見てこよう」

そのとき、車のエンジンの音が聞こえてきました。

「あ、トリュフ、きっとトムよ。モルモットをもってきたんだわ！　ちょっと行って、うけとってくるわね。そしたら、トムとここにきて、いっしょに遊《あそ》んであげるから」

中庭《なかにわ》では、トムのお母さんがちょうど車のエンジンを切ったところでした。後部座席《こうぶざせき》から、トムが用心深《ぶか》くおりてきました。金属《きんぞく》の柵《さく》のついたプラスチックのケースをだいじそうに抱《かか》えています。

いつもにこにこしているトムが、きょうは心配《しんぱい》のためか、かたい表情《ひょうじょう》をしています。

「この子たち、長く運《はこ》ばれたりするの、きらいなんだ。干《ほ》し草《くさ》にもぐりこんだきり、こわがって、かたまったみたいになってる」

「かわいそうに」ジャスミンは、かがんで柵《さく》のあいだからケースの中をのぞきましたが、モルモットのすがたは見えません。

トムのお母さんがいいました。

「小屋《こや》の中に放《はな》してあげれば、また元気になるわよ。ジャスミン、こんにちは。あなた、ぶたを飼《か》ってるんですって？」

「そうなんです。名前はトリュフ」

「世界一のぶたなんだよ」とトムはいうと、今度《こんど》はケースに向《む》かって、やさしく話しかけました。

「それでもって、きみたちは、世界一《せかいいち》のモルモットだよ」それから、ジャスミンをふりかえってささやきました。「この子たちが気を悪くするといけないと思って」

「行こう。この子たちの小屋《こや》を見せてあげる」とジャスミンはいいました。

「あ、ジャスミン、ちょっと待《ま》って」トムのお母さんが呼《よ》びとめて、ジャスミンに封筒《ふうとう》をさしだしました。「これをうけとってもらいたいの」

「え？　ありがとう」ジャスミンは、いったいなんだろうと思いながら、うけとりました。

「あけてみて」トムが、わくわくしたようすでいいました。

封筒《ふうとう》をあけて、ジャスミンはおどろきました。中には、お札《さつ》が何枚《なんまい》も入っていたのです。

「お金？　モルモットの世話《せわ》をするから？　そんなの、ダメです。お金なんて払《はら》わなくていいです。だって、わたし、世話《せわ》をしたいからあずかるんだもの」

ジャスミンは、お金の入った封筒《ふうとう》をかえそうとしました。でも、トムのお母さんは、ほほえみながら首をふりました。

「わかってるわ、あなたがお金のためにやるんじゃないってこと。でも、もし、わたしたちがモルモットをペットホテルにあずけるとすると、お金を払《はら》わなくちゃいけないわけでしょ。それに、あなたのほうが、ペットホテルの人よりずっとじょうずにめんどうを見てくれるって、わかってるもの。トムから全《ぜん》部《ぶ》聞いたわ。あなたがトリュフを生きかえらせたこと」

ジャスミンは感激《かんげき》して、すぐにはことばが出ませんでした。

「あ、ありがとうございます。ほんとにありがとう」

「お礼《れい》をいうのはこちらのほうよ。トムはこの子たちを、目の中に入れても痛《いた》くないほどかわいがってるでしょう？　あなたがあずかってくれて、ほんとうに感謝《かんしゃ》してるの。さあ、ちょっと中に入って、あなたのお母さんにごあいさつしてくるわね」

ジャスミンは、トムをつれて庭《にわ》に向《む》かいながら、おどろきとうれ

しさで頭がくらくらするほどでした。

お金！　自分のお金！　しかも、こんなにたくさん！　モルモットの世話《せわ》をしてお金がもらえるなんて、思ってもみなかった！

庭《にわ》の芝生《しばふ》に入ったころには、もうジャスミンの頭の中に次《つぎ》の計画ができあがっていました。

「わたし、新しいこと思いついた。大きくなったら何になるか」

「え？　動物救急《どうぶつきゅうきゅう》センターをつくるのはやめたの？」

「まさか！　でもね、この前お父さんとお母さんにこのこと話したら、センターをつくるには、とってもお金がかかるっていわれたの。土地も必要《ひつよう》だし、動物の餌《えさ》も買わなくちゃならないからって。でも、今、その問題《もんだい》は解決《かいけつ》したわ。だって、わたし、同時にペットホテルをやることにしたんだもの。ね？　それなら、休暇《きゅうか》に動物をあずける人たちからお金を払《はら》ってもらえるでしょ？

そのお金で救急《きゅうきゅう》センターをやっていけばいいのよ！」

トムはすっかり感心《かんしん》したようすです。

「それって、すっごくいいアイデアだよ」

「あなたのモルモットが、うちのペットホテルの最初《さいしょ》のお客さんになるわけ。お得意《とくい》さんになってくれるといいんだけど」

10 りっぱな捜査《そうさ》ぶた

「ブロッサムがまだヒヨコだったころ使ってたにわとり小屋よ。この前掃除《そうじ》してきれいにしたの。運動《うんどう》する場所《ばしょ》もあるのよ。ほら」

ジャスミンは、トムをつれて庭《にわ》を横《よこ》切《ぎ》り、にわとり小屋《ごや》に案内《あんない》しました。大きさは犬小屋《いぬごや》ぐらいです。

「いいねえ。うちの小屋《こや》より大きいよ。ほうら、きみたち、これが休み中のうちだよ。ジャスミンが、ちゃんと食《た》べ物《もの》も入れといてくれてるよ。ニンジンとハゴロモキャベツ、大好物《だいこうぶつ》だろ?」

トムは、モルモットのケースをそっと草の上に下ろすと、かけ金をはずし、ふたをあけました。

ケースの中の干《ほ》し草《くさ》から、カサカサ、コソコソという音がきこえます。

ジャスミンは、にわとり小屋《ごや》の屋根《やね》をあけました。屋根《やね》全体《ぜんたい》が大きなふたになっていて、ちょうつがいでとめられています。

小屋《こや》の中はふたつの部屋《へや》に分かれています。ジャスミンは、床《ゆか》にかんなくずを敷《し》きつめ、一方の部屋《へや》に干《ほ》し草《くさ》をたくさん入れて、モルモット用のベッドをつくっていました。

トムは、ケースの中に手を入れ、まっ白い毛のかたまりをとりだしました。大きな茶色い目のある毛のかたまりです。

ジャスミンは、そのふわふわしたかたまりをトムからうけとると、話しかけました。

「元気？　スノーウィー。あなたって、ほんと、ふわふわ！」

やわらかい毛を通して、ジャスミンの手に、とても速《はや》い心臓《しんぞう》の鼓動《こどう》が伝《つた》わってきます。ジャスミンは、スノーウィーの背中《せなか》をそっとなでてやりました。

「だいじょうぶ、心配《しんぱい》しなくていいのよ。ここで、すてきな休暇《きゅうか》をすごしてね」

トムが、今度《こんど》は、スノーウィーの弟のティグレットをケースからとりだしました。

ティグレットは、からだの毛が黄色っぽい茶色で、目は黒です。

「にわとり小屋《ごや》に入れようか？　早くなれたほうがい

いからね」と、トムがいいました。

ふたりは、二ひきのモルモットをそうっとにわとり小屋《ごや》の中に入れ、餌《えさ》を入れたボウルのそばにおろしました。

二ひきとも凍《こお》りついたみたいに、おろされたところにじっとしています。

ジャスミンは、ニンジンの切れっぱしを二ひきの前にさしだしました。それでも、まだ少しも動きません。

ジャスミンは、ニンジンをゆっくりとティグレットの鼻先《はなさき》にもっていきました。

ティグレットはピクッと動《うご》いたかと思うと、ニンジ

ンのはしっこをくわえました。そして、いそいでベッドの部屋《へや》の中へ運《はこ》びこみました。それから、かんなくずの上にニンジンを落《お》とすと、むちゅうでかじりはじめました。

「ああ、よかった！　食べはじめたってことは、元気でしあわせだってことだからね」と、トムがいいました。

するとﾞ、とつぜん、じっとしていたスノーウィーが動《うご》きだしました。弟のほうにトコトコと走っていくと、ティグレットの食べていたニンジンをサッとくわえ、干《ほ》し草《くさ》の中へかくれてしまいました。

ジャスミンはおかしくてたまりません。

「スノーウィーったら！　それじゃ、ティグレットがかわいそうよ！」

「いつも、こんなことをおたがいにやってるんだ。最初《さいしょ》に片方《かたほう》が餌《えさ》をとるだろ、すると、片方《かたほう》がそれを横《よこ》どりするんだ。でも、とられても、なんともないみたい。べつの餌《えさ》のところに行って食べるから。きっと、そうやって遊《あそ》んでるんだね。ただ、餌《えさ》は必《かなら》ず二個《こ》ずつ用意《ようい》しとかなきゃならないけどね」

なるほど。見ていると、餌《えさ》を横《よこ》どりされたティグレットは、しばらくあたりをかぎまわっていましたが、ほかのニンジンを見つけると、すぐにくわえてベッドの部屋《へや》へ走っていきました。

「トム、あなたがモルモットを二ひきいっしょに飼《か》ってて、よかった。もし、一ぴきだけだったら、きっとすごくさびしいと思うわ」

「スイスではね、一ぴきだけで飼《か》うのは、法律《ほうりつ》で禁止《きんし》されてるんだよ」

「ほんとに？」

「うん。理由《りゆう》は、モルモットがもともと集団《しゅうだん》で暮《く》らす動物《どうぶつ》だからなんだ。だから、一ぴきだけにするのはモルモットにとって残酷《ざんこく》なことなんだって。ウサギも同じだよ」

「それって、いい法律《ほうりつ》ね。わたし、スイスがすきになっちゃった」

「モルモットって、仲間《なかま》といっしょにいるのがほんとにすきなんだよ。寝《ね》るときもくっついて寝《ね》るし、運動場《うんどうじょう》でもいつもいっしょに走るし、とっくみあいもするし」

「とっくみあい？」

「うん、おっかしいんだ。二ひきで走りまわってるうちに、一ぴきがもう一ぴきの上にとびのっちゃって、とっくみあいをはじめるんだよ。でも、おたがい痛《いた》いようなことはしないんだ。とっくみあいごっこだね。ボールでも遊《あそ》ぶかと思ってやってみたんだけど、ボールでは遊《あそ》ばないんだよね」

いつの間にか、二ひきのモルモットは干《ほ》し草《くさ》の中にもぐってしまって、もうすがたが見えません。でも、干《ほ》し草《くさ》の中から、ガリガリムシャムシャ食べる音が聞こえます。

トムが、そうっと小屋《こや》のふたを閉《し》めました。

「トリュフとボール投《な》げして遊《あそ》びましょうよ」と、ジャスミンはポケットから、ぼろぼろになったテニスボールをとりだしました。

トムがそれを見て、自分のポケットから真新《まあたら》しいボールをだしました。

「トリュフは、このモルモットのボール、使《つか》ってくれるかな？」

「え？　いいの？」

「うん、さっきいったけど、あの子たちはボールじゃ遊《あそ》ばないんだよ。たぶん大きすぎるんだね。今度《こんど》、ピンポン玉を買ってやろう」

「じゃあ、もらうね、ありがとう。このボールは、もうトリュフがぼろぼろにしちゃったから、助《たす》かるわ」

ふたりで果樹園《かじゅえん》のほうへ向《む》かいながら、トムが聞きました。

「ねえ、きみのお父さん、まだ考え、変《か》わんない？　その……、トリュフをこの先どうするかってことだけど」

「うん、ダメなの」と、ジャスミンは暗い声でいいました。「『今は、かわいいかもしれんが、すっかりおとなになったら、どうするんだ？』っていうばっかり。『おれはぶた飼《か》いじゃない。牧草《ぼくそう》を荒《あ》らすだけで何の役にもたたんバカでかいぶたに、むだに餌《えさ》をやることはできん』って」

すると、トムがいいました。

「しーっ、トリュフに聞こえちゃうよ」

トリュフが、果樹園《かじゅえん》の中をふたりに向《む》かってまっすぐにかけてきます。

トムがボールをさしだして、いいました。

「ほら、トリュフ、プレゼントだよ」

トリュフはボールのにおいをかいでいます。

トムがボールを地面《じめん》に落《お》としました。

トリュフは、ブーブーいったりフンフンいったりしながら、ボールに鼻《はな》をすりつけています。ボールの表面《ひょうめん》を一ミリもあまさずかぎまわりながら、鼻《はな》でボールをころがしています。

「ぶたの鼻《はな》って、すごいのよ。においをかぎとるレセプターっていうのが何百万もあって、犬より多いんだって。そのうえ、鼻先《はなさき》がとってもかたくできてるから、においをかぐだけじゃなくて、鼻《はな》で掘《ほ》ったり、物《もの》を動《うご》かしたりもできるの」

「ほんとに、徹底的《てっていてき》にかいでるよね。ボールにくっついてるモルモットのにおいだって、かぎわけられるんじゃないかな」

「絶対《ぜったい》できるわよ」そういったとたん、ジャスミンは、はっと思いつきました。「そうだ！　トリュフを訓練《くんれん》して、捜査《そうさ》ぶたにしよう！」

「捜査《そうさ》ぶた？」

「そう、麻薬捜査犬《まやくそうさけん》みたいに、においをかいで何かをさがしあてられるぶた。実際《じっさい》にいるのよ。雑誌《ざっし》で読んだもの」

「でも、どうやって訓練《くんれん》するんだろう？」

「麻薬捜査犬《まやくそうさけん》の訓練《くんれん》なら、どっさりビデオを見たわ。最初《さいしょ》はね、さがさせたいものを使って、その犬と遊《あそ》ぶの。わたしたちが今やってるみたいに、ボール投《な》げして遊《あそ》ぶとかね」

トムは、トリュフがかぎまわっているボールを拾《ひろ》い上げたとたん、わらいだしました。

「うわっ、よだれだらけになってる！」

トムがボールを投《な》げるかまえをすると、トリュフはたちまちピタッと動《うご》きをとめ、全身《ぜんしん》を緊張《きんちょう》させて、トムの手の中のボールを食い入るように見つめました。

「そうら、とってこい！」

トムが、ボールを果樹園《かじゅえん》の向《む》こうのほうまで投《な》げました。

トリュフは、まっしぐらにそちらにかけていくと、あっという間にボールをくわえてもどってきました。うれしくてたまらない！　というふうに、しっぽをピンピンふっています。

「ほんとに、おりこうだなあ」

トムがトリュフをなでてやろうと、手をのばしました。

けれど、ジャスミンがとめました。

「ちょっと待《ま》って、トム。トリュフ、おすわり！」

トリュフは、立ったまま、ジャスミンを見ています。

「トリュフ、おすわり」

ジャスミンはそういうと、トリュフの背中《せなか》に手をおきました。

トリュフはすわりました。そして、それから？　というような顔で、ジャスミンを見上げました。

「よーし、トリュフ。あんたはほんとにおりこうな子ぶたね」

ジャスミンはしゃがんで、トリュフの耳のあいだをゴシゴシかいてやりました。

トムは、トリュフとジャスミンを交互《こうご》に見つめながら、目を丸くしています。

「すごーい！　どうやって教えたの？　おすわりなんて」

「犬と同じよ。ぶたは犬と同じくらいりこうだから、まったく同じ仕方《しかた》で教えられるの」

ふたりで何度《なんど》かトリュフにボールを投《な》げてやったあと、ジャスミンがいいました。

「さあ、もうつぎの段階《だんかい》へ行けるわね。今度《こんど》は、かくれたものをさがすことを教えるの。ただし、目で見てさがすんじゃなくて、においをかいでね。それって、ぶたがいつもやってることなんだから、それを、このボールを使《つか》ってやればいいってわけ。トリュフ、おいで」

トリュフは、ジャスミンたちについて、果樹園《かじゅえん》のすみの落《お》ち葉《ば》の山までトコトコかけてきました。

「最初《さいしょ》は、ボールをかくすところを、わざと見せるの。さあ、トリュフ、ほら」

ジャスミンがボールをトリュフのほうへさしだすと、トリュフは口でとろうとしました。でも、ジャスミンはトリュフの目の前で、ボールを落《お》ち葉《ば》の中に埋《う》めました。

「さがせ！」

ジャスミンはそうトリュフに命令《めいれい》してから、トムをふりかえっていいました。

「今から教えるのは、この命令《めいれい》。つまり『さがせ！』っていったら、ボールをさがさなきゃいけないってこと。それで、うまくできたら、ごほうびをやるの」

「ごほうびって、食《た》べ物《もの》？」

「いいえ、ほめて、遊《あそ》んであげるの。それが、捜査犬《そうさけん》には一番のごほうびなんだって。だから、捜査《そうさ》ぶたにもそうするわけ。犬もぶたも、ほめて遊《あそ》んでもらうのが一番すきなのよ」

そういってるあいだに、トリュフは落《お》ち葉《ば》をかぎまわり、鼻《はな》で落《お》ち葉《ば》をかきわけていましたが、ボールを見つ

けると、くわえてとりだしました。

「おりこう！　おりこう！」ジャスミンはボールをうけとって、トリュフのおなかをゴシゴシかいてやりました。

子ぶたはドタッと横向《よこむ》きに倒《たお》れ、ブフブフうれしそうに鳴きました。

トムがわらいだしました。

「いやあ、びっくりだなあ。ブーブーいったりキーキーいったり、まるで話してるみたいだよ」

「あら、実際《じっさい》、話してるのよ。さあ、トリュフ、見てて」

ジャスミンはまたボールを落《お》ち葉《ば》の中にかくし、トリュフにいいました。

「さがせ！」

今度《こんど》は、あっという間に、トリュフはボールをさがしあてました。落《お》ち葉《ば》の中からボールをとりだすと、くわえたまま頭をふって、顔にくっついた枯《か》れ葉《は》をふりおとしました。

「すぐ覚《おぼ》えるんだね」トムは感心《かんしん》して、トリュフのおなかをかいてやりました。

「そうよ。だから、すぐに訓練《くんれん》できちゃうと思う」

「それで、つぎの段階《だんかい》は何？」

「ひとりがトリュフを押《お》さえておいて、もうひとりが、トリュフに見られないようにボールをかくすの。だから、今度《こんど》は、においだけでさがさなくちゃならないわけ。最初《さいしょ》は近くにかくすけど、だんだん遠くにしていくの。トム、あなたがおじいちゃんの家から帰るまでに、トリュフをりっぱに訓練《くんれん》しておくわ。ひょっとしたら『そのぶた、捜査《そうさ》に貸《か》してください』って、ロンドン警視庁《けいしちょう》がたのみにくるかも！」

11 トリュフがめんどりを!?

お母さんが、お昼ごはんのスパゲティをジャスミンとトムにわたしているとき、ろうかの電話が鳴りました。電話に出たお母さんが、もどってきていいました。

「ターナーさんの馬を診察《しんさつ》しに行かなくちゃならなくなったわ。あなたたち、ふたりでだいじょうぶよね？　もし何かあったら、二階《かい》にエラがいるし、お父さんは牛小屋《うしごや》だから。いい？」

「だいじょうぶよ」と、ジャスミンはこたえました。

お母さんが車ででかけていったあと、トムがいいました。

「エラって、最高《さいこう》のベビーシッターだよね。たとえ、ぼくたちが家に火をつけて家が燃《も》えちゃったとしても、きっとぜんぜん気づかないよ」

「うん、自分のつくえが燃《も》えだしたって、こう思うだけじゃないの？『なんだか部屋《へや》があったかくなってきたわね』って」

「うん、そして……」

しゃべりだしたトムの手を、ジャスミンがつかみました。

「しーっ、あれ、何？」

外から、キーキー激《はげ》しく鳴く声が聞こえます。トムとジャスミンは、はっとして顔を見合わせました。

「トリュフだ！」ジャスミンが、はじかれたように立ちあがりました。「きっと何かたいへんなことが起《お》こったんだわ。あんな鳴きかた、初《はじ》めてだもの」

ふたりは裏口《うらぐち》に走っていくと、長ぐつに足をつっこみました。左の長ぐつをはいている最中《さいちゅう》に、ジャスミンはぎょっとして手をとめました。トリュフのもうれつなさけび声にまじって、べつの音が聞こえてきたのです。めんどりが鳴きさわぐ声が。

「たいへん！　ひょっとして、トリュフがめんどりを追《お》いかけて……」

おそろしくて、ジャスミンは最後《さいご》までいえません。もし、トリュフが果樹園《かじゅえん》から中庭《なかにわ》に入りこんでめんどりを追《お》いまわしたりしていたら、お父さんは、ただちにトリュフを売りにだそうとするでしょう。そうなれば、もうジャスミンが何をいおうと、お父さんの決心《けっしん》を変《か》えることはできないのです。

ジャスミンは外に走り出ましたが、果樹園《かじゅえん》のほうを見ると、すぐにその心配《しんぱい》はないことがわかりました。

トリュフが、ちゃんと果樹園《かじゅえん》の中にいたのです。そして、なぜか柵《さく》に前足をかけて、声をかぎりに鳴きさけんでいます。

何かわからないけど、たいへんなことが起《お》こっているにちがいありません！

ジャスミンは中庭《なかにわ》のほうを見ました。めんどりたちが羽根《はね》をバタバタさせ、かん高い鳴き声を上げて、狂《くる》ったように走りまわっています。

めんどりがさわいでいるのは、トリュフが鳴きさけんでいるから？　それとも、トリュフのほうが、めんどりに何か危険《きけん》を知らせようとしてるの？

ジャスミンとトムが、大いそぎで門のかんぬきをはずし中庭《なかにわ》にかけこむと、めんどりたちはいっそうさわぎだしました。

「あっ、あれ！」ジャスミンは牛小屋《うしごや》のほうを指《ゆび》さしてさけびました。

牛小屋《うしごや》のわきからちょうど現《あらわ》れたのは、大きなキツネ！　しかも、めんどりをくわえています。

めんどりは、だらりとキツネの口からぶら下がっています。生きているか死《し》んでいるかはわかりません。キツネはよく生きたまま獲《え》物《もの》をくわえ去《さ》り、あとで殺《ころ》すからです。

今、キツネがめんどりを放《はな》せば、めんどりは助《たす》かるかもしれません。

「こら！　それを放《はな》しなさい！　このけだもの！」

ジャスミンは追《お》いかけながら、牛小屋《うしごや》のそばにころがっていたさびたパイプを拾《ひろ》い上げ、キツネに向《む》かって投《な》げつけました。

自分でもおどろいたことに、パイプは首尾《しゅび》よくキツネの背中《せなか》にあたりました。

キツネは悲鳴《ひめい》を上げると、いっそう速《はや》く走りだしました。ジャス

ミンは大声でどなりながら、一生けんめい追《お》いかけました。

今は、キツネのほうがずっと速《はや》く走っていますが、めんどりをくわえているので、じきにスピードが落《お》ちてくるはずです。

案《あん》の定《じょう》、まもなくキツネはめんどりを落《お》としました。そして、急《きゅう》にスピードを上げ、生《い》け垣《がき》をぬけて野原へにげていきました。

ジャスミンは、でこぼこした地面《じめん》を必死《ひっし》で走りました。わだちに足をとられ、長ぐつにかたい石ころがつきささるのもかまわず走りつづけ、ぬれた草の上に放《ほう》りだされた羽根《はね》のかたまりにかけつけました。

にわとりは、こんなふうにぐったりしていても、ただ気絶《きぜつ》しているだけだということもあります。ただぼうっとしているだけで、ケガもなく、すぐに立ち上がって歩きだすこともあるのです。

でも、ジャスミンにはわかりました。この倒《たお》れかたは、そうじゃない。このめんどりは、死《し》んでいる。
でも、それ以上《いじょう》の事実《じじつ》がわかったのは、そのめんどりの上にかがみこんだときでした。
死《し》んでいたのは、ジャスミンのめんどり、ブロッサムだったのです。

12 風が強くなってきた

みんなが、ジャスミンにいいました。

ブロッサムはとってもしあわせな一生を送《おく》ったと。こんなに愛《あい》されためんどりはめったにいないし、それに、死《し》んだときもあっという間で、きっと苦《くる》しんではいないはずだと。

でも、そんなことばで、ジャスミンの悲《かな》しみはこれっぽちもなくなりませんでした。

ジャスミンはちゃんと知っていました。あのにくいキツネのやつにおそわれなければ、ブロッサムはあと何年も生きたはずなのです。それに、もちろん、死《し》ぬときは苦《くる》しんだにきまっています。

キツネの鋭《するど》い牙《きば》が首に食いこむのを感《かん》じながら野原をつれさられるなんて、ブロッサムはどんなにおそろしかっただろう！

そう思うたびに、ジャスミンは、またいっそう声を上げて泣《な》きじゃくるのでした。

ただ動物《どうぶつ》だけが、ジャスミンの悲《かな》しみを少しずつやわらげてくれました。ジャスミンは、日に何時間もモルモットと遊《あそ》んだり、トリュフに芸《げい》を教えたりしました。実際《じっさい》、トリュフは何を教えてもすぐに覚《おぼ》えました。

一週間ほど訓練《くんれん》すると、トリュフはこんなこともできるようになりました。まず、ジャスミンがトリュフを犬小屋《いぬごや》に閉《と》じこめ、そのあいだに果樹園《かじゅえん》のどこかに、トムからもらったモルモットのボールをかくします。それから、ト

リュフをだしてやって、「さがせ！」と命令《めいれい》します。すると、どんなところにボールがかくされていようが、トリュフは必《かなら》ずさがしあてるのです。

ジャスミンは、亡《な》くなった老犬《ろうけん》、ブラッケンの首輪《くびわ》とつなぎひもをトリュフにつけて、牧場《ぼくじょう》を横切《よこぎ》り、農道《のうどう》の先まで散歩《さんぽ》につれていきました。

トリュフは、まるでちゃんとしつけのできた飼《か》い犬みたいに、ジャスミンにトコトコついてきます。

そのうえ、ジャスミンが何を話しかけても、実《じつ》によく聞いてくれるのです。

ある日、ジャスミンとトリュフは、農場《のうじょう》の裏《うら》にある林まで、ヒイラギの枝《えだ》をとりに行きました。もうすぐクリスマスがやってくるので、ヒイラギで居間《いま》を飾《かざ》るのです。

ジャスミンは、ジャムのビンにヒイラギの枝《えだ》をさしてブロッサムのお墓《はか》の前におきながら、トリュフに話しかけました。

「トリュフ、きれいでしょう？　深緑色《ふかみどりいろ》の葉《は》がつやつやして、まっ赤《か》な実《み》があざやかよね」

このところ、お母さんとお父さんはジャスミンに何度《なんど》もたずねていました。

「クリスマスのプレゼントは、何がいい？」

ジャスミンの答えはいつも同じです。

「トリュフをずっと飼《か》いつづけること」

そのたびに、お父さんとお母さんはまゆを上げ、顔を見合わせます。そして、お母さんがため息《いき》をつきながらいうのです。

「ジャスミン、もちろん、それがあなたの一番の望《のぞ》みだってことはわかってるわ。でも、それは無理《むり》なんだから。何かほかにほしいものはないの？」

結局《けっきょく》、両親《りょうしん》をほっとさせるために、ジャスミンはごくふつうのものをいくつかこたえました。

でも、ほんとうに望《のぞ》んでいるのは、ただひとつ。トリュフを飼《か》いつづけることだけなのです。

それでも、クリスマスが近づくにつれて、ジャスミンの気持《きも》ちはしだいに明るくなってきました。

ジャスミンは、お母さんといっしょにドライフルーツの入ったミンスパイを焼《や》いたり、お父さんを手伝《てつだ》って玄関《げんかん》や居間《いま》に飾《かざ》りつけをしたりしました。家の中は、もうすっかりクリスマス気分です。

そして、とうとう、クリスマスイブ。きょうは、とってきのことをやるのです。

朝ごはんがすむとすぐ、子どもたちは、お父さんの小型《こがた》トラックの荷台《にだい》に乗《の》りこみました。きょうはエラまでいっしょです。

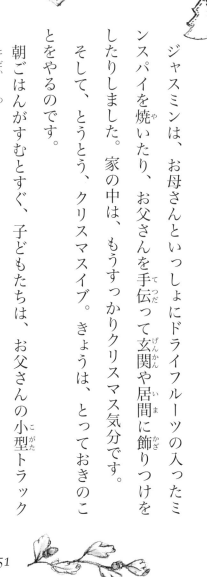

トラックが牧場《ぼくじょう》を横切《よこぎ》って走っていくと、荷台《にだい》は大ゆれにゆれます。三人が、よろけたりとびあがったりして笑《わら》っているうち、森の手前の人工林につきました。

何年か前、お父さんはクリスマスツリーを育《そだ》てて売ろうと、モミの木をたくさん植林《しょくりん》してみたのです。けれど、土が合わないせいでモミの木は育《そだ》たず、植林《しょくりん》は失敗《しっぱい》でした。それでも何本かは生き残《のこ》りました。お父さんのモミの木は、ホームセンターで売られているようなきれいな形には育《そだ》っていないので、枝《えだ》の欠《か》けた部分《ぶぶん》や曲《ま》がったところがわからないように、じょうずに飾《かざ》りつけしなくてはなりません。でも、キラキラの玉やリボンや色のついた豆電球《まめでんきゅう》をたくさんつければ、魔法《まほう》のようにすてきなツリーになるのです。

今年ジャスミンたちが選《えら》んだモミの木は、今までで一番大きな木。お母さんは卒倒《そっとう》するかもしれません。だって、毎年必《かなら》ずこういって送《おく》りだすのですから。

「あんまり大きいのはいやよ。部屋《へや》に入らないから」

でも、ジャスミンたちは、そんな忠告《ちゅうこく》には耳を貸《か》しません。だって、クリスマスツリーなんです。大きいほうがいいにきまっています。

お父さんが、大きなモミの木の幹《みき》にノコを入れているあいだ、ジャスミンとマヌとエラは、木が倒《たお》れないようにしっかり支《ささ》えていました。

風は刺《さ》すように冷《つめ》たく、ジャスミンは手袋《てぶくろ》をしてきてほんとによかったと思いました。

子どもたちが荷台《にだい》に乗《の》りこんですわると、お父さんが三人のひざの上にモミの木をのせました。トラックが走るあいだ、木を押《お》さえておくのです。

トラックが大きくゆれるたびに、モミの葉《は》が三人の顔をチクチク刺《さ》します。でも、みんなは「ジングルベル」や「赤鼻《あかはな》のトナカイ」を大声で歌い、思うぞんぶんクリスマス気分を味《あじ》わいました。

家の前に大きなモミの木をおろしながら、お父さんがいいました。

「風が出てきた。もうすぐ雪がふりだすかもな。とにかく、この木には、母さん、たまげるぞ！」

雪！

ジャスミンは雪が大すきですが、今はモルモットのことが心配《しんぱい》です。凍《こご》えて死《し》ぬなんてことになったら、どうしよう？

ジャスミンがようやくお母さんにその心配《しんぱい》を話せたのは、午後になってからでした。

というのも、お母さんは午前中ずうっと、クリスマスツリーが大きすぎるとぷんぷんおこっていて、とても近よれなかったのです。

「たくさん干《ほ》し草《くさ》を入れてやって、中にもぐって寒《さむ》さをしのげるようにしてやるといいわ」と、お母さんは教えてくれました。

「干《ほ》し草《くさ》なら、もうどっさり入れてあるの。それに、小屋《こや》の上に古毛布《ふるもうふ》をかけておいた」

「それは、適切《てきせつ》な処置《しょち》をしたわね。それならモルモットはだいじょうぶ。だって、あんなに厚《あつ》い毛におおわれてるんだから。さてと、車のキー、どこにおいたんだろう？　二、三時間以内にはもどってきて、ツリーを飾《かざ》ったり、くつ下さげたりしなくちゃならないのに」

お母さんはマヌとベンをつれて、友だちの家のクリスマスイブのパーティーに出かけるのです。お父さんは子牛に餌《えさ》をやっています。エラは二階《かい》で勉強《べんきょう》です。

まだ四時半ですが、外はもう暗《くら》くなっています。これじゃ、トリュフと遊《あそ》ぶこともできません。

ミルクをたっぷり飲《の》んだトリュフは、今ごろ犬小屋《いぬごや》の中で犬のブランブルによりそって、気持《きも》ちよく寝《ね》ていることでしょう。

お母さんが玄関《げんかん》のドアをあけると、氷のように冷《つめ》たい風が家の中に吹《ふ》きこんできました。

「うわー、寒《さむ》ーい！　ベンもマヌも、ほんとに来る？」
三人はでかけました。ジャスミンは、居間《いま》のクリスマスツリーを見に行きました。ツリーは申《もう》し分《ぶん》なくきれいでしたが、家の中はガランと静《しず》かすぎて、さびしいくらいです。
窓《まど》をみると、外はすごい風らしく、窓《まど》ガラスにツタのつるがたたきつけられています。
ジャスミンはカーテンを閉《し》めました。暖炉《だんろ》に火があったらいいのにと思いましたが、火は、おとなといっしょでなければつけてはいけないことになっているのです。

ジャスミンは二階《かい》の自分の部屋《へや》に行って、紙と色えんぴつをとりだしました。

それからしばらくのあいだ、むちゅうになって、ぶたでいっぱいになった野原の絵を描《か》いていたので、外の世界《せかい》のことはすっかりわすれていました。ようやく絵が仕上《しあ》がって初《はじ》めて、ジャスミンはおなかがすいていることに気づきました。

いつの間にか風はますます強くなり、嵐《あらし》のように吹《ふ》き荒《あ》れています。煙突《えんとつ》から吹《ふ》きこんできて、家じゅうのドアをガタガタ鳴らしています。

そろそろ、モルモットに夕ごはんをやる時間です。

ジャスミンは、ニンジンとキャベツの葉《は》をボウルに入れて裏口《うらぐち》に行くと、通《つう》路《ろ》でコートを着て、長ぐつをはきました。

冷《つめ》たい風がドアの下のすき間から吹《ふ》きこんできて、ドアの留《と》め金《がね》をカタカタ鳴らします。

ジャスミンがドアをあけると、風はたちまちキャベツの葉《は》っぱを吹《ふ》きとばしたばかりか、ドアといっしょにジャスミンを家の中へ押《お》しもどそうとします。

ジャスミンはあわてて、床《ゆか》にころがったキャベツの葉《は》をかきあつめてボウルに入れると、手でボウルをおおって外に出ました。

風がドアを内側《うちがわ》に押《お》しあけたままビュービュー吹《ふ》きつけるので、片手《かたて》でドアが閉《し》められません。

そこで、ジャスミンはボウルをもっていくのはあきらめ、ニンジンとキャベツの葉《は》をポケットにつっこみました。それから、懐中電灯《かいちゅうでんとう》をもうひとつのポケットに入れ、両手《りょうて》でドアのノブをつかむと、風と力くらべをしながらドアをやっとのことで閉《し》めました。

ジャスミンは背中《せなか》を丸め、ポケットに手をつっこんで庭《にわ》の道を歩きだしました。今度《こんど》は背中《せなか》から風が吹《ふ》きつけるので、押《お》されてどんどん足が速《はや》くなります。

まったく、こんなに強い風は生まれて初《はじ》めてです。

庭《にわ》のはしまでやってきて、芝生《しばふ》に足を踏《ふ》み入れたとたん、ジャスミンはぎょっとして立ちすくみました。

モルモットの小屋《こや》が風でひっくりかえっているのです。後ろ向《む》きに芝生《しばふ》の上

に倒《たお》れ、しかも、ふたがパカンとあいているではありませんか！

「あーっ、たいへん！　どうしよう?!」

ジャスミンは倒《たお》れた小屋《こや》にかけつけて、すぐさま小屋《こや》の中を懐中電灯《かいちゅうでんとう》で照《て》らしました。

中は空《から》っぽ。

モルモットはいません。

13 トリユフ、仕事《しごと》よ！

小屋《こや》のすみずみまで懐中電灯《かいちゅうでんとう》で照《て》らしながら、ジャスミンは気が変になりそうでした。

おそろしい光景《こうけい》が、つぎつぎと頭に浮《う》かびます。

小屋《こや》の下敷《したじ》きになってつぶれたモルモット。キツネに食われたモルモット。ねこにおそわれたモルモット。生《い》け垣《がき》の中で凍《こご》え死《し》んでいるモルモット。どこかへにげてしまって、もう二度と見つからないモルモット……。

もしそんなことになったら、トムになんといえばいいのでしょう？　ジャスミンを信頼《しんらい》してくれたからこそ、だいじなだいじなモルモットを預《あず》けてくれたのに。

もう、自分は動物《どうぶつ》を飼《か》う資格《しかく》なんてない。ペットホテルに預《あず》けていれば、こんなことは起《お》こらなかったはずなんだ。それを、自分からいいだして……。

こんな考えが、二、三秒《びょう》のあいだジャスミンの頭の中をかけめぐりました。けれど、ジャスミンはすぐに気をとりなおし、自分にいいきかせました。

落《お》ちついて！　そして、すぐにモルモットをさがすの。今はそれだけを考えるのよ！

まずやらなければならないことは、小屋《こや》をもちあげてその下を見ること。そこに何を見ることになるのか、考えるだけでも耐《た》えられませんでしたが、とにかくやらなくてはならないのです。

ジャスミンは小屋《こや》のふたを閉《し》めました。倒《たお》れた小屋《こや》のそばにしゃがんで、地《じ》面《めん》と小屋《こや》のすき間に手をさしこみ、しっかりと壁板《かべいた》をにぎると、ありったけの力で小屋《こや》を起《お》こしました。

倒《たお》れた跡《あと》の地面《じめん》に懐中電灯《かいちゅうでんとう》を向《む》けるとき、ジャスミンはおそろしさのあまり、ほとんど吐《は》きそうになりました。

が、つぎの瞬間《しゅんかん》、からだじゅうの力がぬけました。そこに、つぶれたモルモットはいなかったのです。

でも、ほっとしたのはつかの間です。だって、ここにいないとなると、いったいどこにいるのでしょう?

ジャスミンはさっと立ち上がると、暗《くら》い庭《にわ》のあちこちを懐中電灯《かいちゅうでんとう》で照《て》らしました。

するとまたもや、心配《しんぱい》でいてもたってもいられなくなりました。

庭《にわ》はとても広く、花壇《かだん》や芝生《しばふ》のところに低木《ていぼく》のしげみがたくさんあります。そのうえ庭《にわ》の両側《りょうがわ》は、とげのあるサンザシの生《い》け垣《がき》になっています。

そんなすべての場所《ばしょ》をさがすのに、いったいどれだけ時間がかかるんだろう？

こう考えているあいだにも、あのかわいそうなモルモットに何が起《お》こっているかわからないのです。

少なくとも、まっ白いスノーウィーのほうは、灯《あか》りで照《て》らせばすぐに見えるでしょう。でも、それも雪が降《ふ》るまでのこと。

お願《ねが》い、雪よ、降《ふ》らないで！　どうか、スノーウィーとティグレットが見つかるまで、待《ま》って！

ジャスミンはそう祈《いの》りながら冷《つめ》たい芝生《しばふ》にひざをつき、目の前のしげみからさがしはじめました。

はいつくばって、からまりあった枝《えだ》をかきわけ、奥《おく》のほうまであちこち懐中電灯《かいちゅうでんとう》で照《て》らしながら、やさしく呼《よ》びかけました。

「スノーウィー！　ティグレット！　出ておいで。心配《しんぱい》しないで出ておいで」

いません。二ひきが、かくれんぼのようにわざわざかくれているのでないかぎり、このしげみにはいないようです。

ジャスミンはもう一度《いちど》、芝生《しばふ》にくまなく懐《かい》中電灯《ちゅうでんとう》の光をあてましたが、やっぱりモルモットのすがたはありません。

ジャスミンは、となりのしげみにとりかか

りました。それが終《お》わると、つぎのしげみ。

やさしく呼《よ》びかけながら、しげみの中をひとつひとつ照《て》らし、頭を芝生《しばふ》にくっつけるようにして奥《おく》のほうまでのぞきました。

庭《にわ》にある低木《ていぼく》のしげみをすべて見終《みお》わったとき、ジャスミンの両手《りょうて》はかじかみ、長靴《ながぐつ》の中の両足《りょうあし》は氷のかたまりみたいに感覚《かんかく》がなくなっていました。

でも、やめるわけにはいきません。あきらめるなんて、とんでもないことです。

けれど、生《い》け垣《がき》に目をやったジャスミンは、いっぺんに気持《きも》ちがしずみました。

前に、トムといっしょにそこにすみかをつくったことがあります。サンザシの生《い》け垣《がき》にもぐりこんで二時間も遊《あそ》んだあとは、からだじゅうがサンザシのとげで傷《きず》だらけになって何日もひりひり痛《いた》んだのです。

でも、またやるしかありません。サンザシの生《い》け垣《がき》にもぐりこみ、庭《にわ》を囲《かこ》んでいるその生《い》け垣《がき》の中を全部《ぜんぶ》調《しら》べるしかないのです。

けれども、その中に入ってみると、ジャスミンには意外《いがい》なことがわかりました。

そうか、この中に入っていれば、風がこない分だけ寒《さむ》くない。ああ、どうか、モルモットがこの生《い》け垣《がき》のどこかに避難《ひなん》してますように！

だって、もしこの庭《にわ》のどこかにいなかったら、いったいどうやってさがせばいいんでしょう？　どっちににげだしたのか、まったく見当がつかないのです。モルモットを見つけられる見こみなんて、ほとんどないではありませんか。

もしも、見つからなかったら……。

ダメ、ダメ。そんなことを考えるひまがあったら、すぐにここから始《はじ》めなくては。果樹園《かじゅえん》に入るこの門のところから。

果樹園《かじゅえん》に入る門……。

そうだ、果樹園《かじゅえん》！

果樹園《かじゅえん》といえば、トリュフ！

なんてバカだったんだろう?! はいつくばってしげみをさがしたりして、たいせつな時間をむだにして！ においでさがすよう訓練《くんれん》された捜査《そうさ》ぶたが、すぐそこの犬小屋《いぬごや》にいるというのに！

ジャスミンは、強風と闘《たたか》いながら庭《にわ》を走っていきました。

氷《こおり》のような風が目に入り、涙《なみだ》が出てしかたがありません。でも、ジャスミンの頭はフル回転《かいてん》していました。

トリュフはあのボールのにおいをちゃんと知っている。そして、ボールのにおいはモルモットのにおいだ。だから、トリュフはモルモットをさがせるはず。

でも、そんなにうまくいく？

犬小屋《いぬごや》までやってくると、フックからつなぎひもと首輪《くびわ》をはずしました。

「トリュフ！　おいで、トリュフ！」

二度呼《どよ》ぶまでもなく、トリュフはただちにドアのところにきました。遊《あそ》んでもらえると思ったのか、うれしそうにキーキー鳴いています。

ジャスミンが懐中電灯《かいちゅうでんとう》で犬小屋《いぬごや》の中を照《て》らすと、老犬《ろうけん》ブランブルが寝《ね》どこのバスケットの中から眠《ねむ》そうに首を起《お》こしました。

ジャスミンはドアのかんぬきをはずし、トリュフが出られるくらいあけてトリュフをだすと、すぐにまたかんぬきをかけました。

それから、トリュフのなめらかな背中《せなか》と絹《きぬ》のようにやわらかい耳をなでてや

りました。

なんてあったかいからだ！　こんな寒《さむ》い夜に外につれだすなんて、トリュフにとてもすまない気がします。でも、トリュフは寒《さむ》さなんてぜんぜん気にしていないようすです。

ジャスミンはつなぎひもを引くと、先に立って庭《にわ》を走りだしました。

「さあ、トリュフ、行こう！　いよいよ初仕事《はつしごと》よ！」

14 さがせ、トリュフ！

モルモットの入っていた小屋《こや》までトリュフをつれてくると、ジャスミンは、トリュフのそばにすわって命令《めいれい》しました。

「さがせ！　トリュフ、さがせ！」

いわれなくても、トリュフは鼻面《はなづら》を芝生《しばふ》にくっつけんばかりにして、地面《じめん》のにおいをかぎまわっています。

興奮《こうふん》しているようすを見ると、いつものボールと同じにおいだとわかったにちがいありません。

「さがせ！」トリュフをはげますよう

に、ジャスミンはくりかえしました。

トリュフは熱心《ねっしん》にかぎまわっています。

「さがせ！　トリュフ」ジャスミンは、できるだけトリュフを緊張《きんちょう》させないよう、遊《あそ》びのような楽しいいいかたで命令《めいれい》しました。

でも、ほんとうは、さけびだしたいほど必死《ひっし》でした。もう、トリュフだけがたのみなのです。

こんなまっ暗《くら》な中、どこにいるのか見当もつかないモルモットをさがすなんて、もうジャスミン自身《じしん》にはぜったいにできないのですから。

トリュフは、まだモルモットの小屋《こや》のまわりをかぎまわっています。それを懐中電灯《かいちゅうでんとう》で照《て》らしながら、ジャスミンは、明かりの中にちらほらと白いものが見えるのに気づきました。

雪だ！

この何年ものあいだ、ジャスミンは、雪のクリスマスを待《ま》ち望《のぞ》んでいました。でも、今はちがいます。雪こそ、一番おそれていたものなのです。

こんな冷《つめ》たい風が吹《ふ》きすさんでいるだけでも、モルモットにはとてもきびしい天気なのに、そのうえ雪！　こごえて死《し》んでしまうかもしれないではありませんか！

「さがせ！」ジャスミンの声に思わず力が入りました。「トリュフ、さがせ！」

すると、地面《じめん》すれすれに鼻《はな》をうごめかせながら、トリュフがだんだん小屋《こや》から離《はな》れ始《はじ》めました。

ジャスミンの心に希望《きぼう》が生まれました。

モルモットのにおいをかぎつけたんだ！

つなぎひものはしをしっかりにぎって、ジャスミンは少しずつ庭《にわ》を進《すす》んでいくトリュフのうしろに、しのび足でしたがっていきました。

呼吸《こきゅう》も浅《あさ》く静《しず》かにしました。トリュフの気を散《ち》らさないためです。トリュフがにおいに集中《しゅうちゅう》するには、ジャスミンがここにいることさえわすれるほうがいいのです。

トリュフは今まで、ボールをさがすときはつなぎひもをしていませんでした。だから、つなぎひもがないほうがさがしやすいにきまっていますが、今夜はそうはいきません。

だって、トリュフがにおいを追《お》っているのはボールではなく、二ひきのおびえたモルモットなのです。もし、トリュフがにおいのありかをさがしあてたとたん、モルモットをボールみたいにガブッとくわえでもしたら、それこそたいへんです。

トリュフが、庭《にわ》を横切《よこぎ》って生《い》け垣《がき》のほうへ進《すす》んでいったので、ジャスミンは気がめいりました。今からトリュフにつづいて、生《い》け垣《がき》の中をはいまわらなくてはならないのです。

でも、モルモットたちが生《い》け垣《がき》の中に入った可能性《かのうせい》は、大いにあります。安全なほうへ行こうとするのは、動物《どうぶつ》にとって自然《しぜん》なことですから。

トリュフは地面《じめん》をかぎながら、つなぎひもがぴんと張《は》るくらい、生《い》け垣《がき》の中をどんどん進《すす》んでいきます。ジャスミンは、ひもが木にかからないように片手《かたて》に巻《ま》きつけ、四つんばいになってトリュフのあとから身《み》をよじって進《すす》みました。

小枝《こえだ》やとげが顔をひっかきます。とがった石がひざに食《く》いこみます。

ジャスミンは痛《いた》さに顔をしかめても、けっして声はださないようにしました。トリュフの集中力《しゅうちゅうりょく》がとぎれてはいけないからです。

トリュフは熱心《ねっしん》ににおいをかぎながら、生《い》け垣《がき》の半分くらいまで進《すす》みました。

モルモットはいったいどこまで行ったのでしょう？　まだ、この近くにいるのでしょうか？　それなら、二ひきは少なくとも、それほど危険《きけん》な目に会わないですみます。

けれど、生《い》け垣《がき》の中へ、腹《はら》をすかしたキツネが入ってこないとはいいきれません。

いやいや、そんなことは考えないようにしなくては。トリュフが、モルモットのにおいをたどることだけを望《のぞ》んでいよう。

でも、もしかして、トリュフがまったくべつのにおいを追《お》っているとしたら？　ひょっとして、においなんか全然《ぜんぜん》追《お》っていなくて、ただ生《い》け垣《がき》の中を散《さん》歩《ぽ》してるだけだったら？

そうこうするうち、トリュフとジャスミンは庭《にわ》のはずれまできました。トリュフはここで右へ折《お》れ、果樹園《かじゅえん》とのさかいの生《い》け垣《がき》に沿《そ》って進《すす》みだしました。

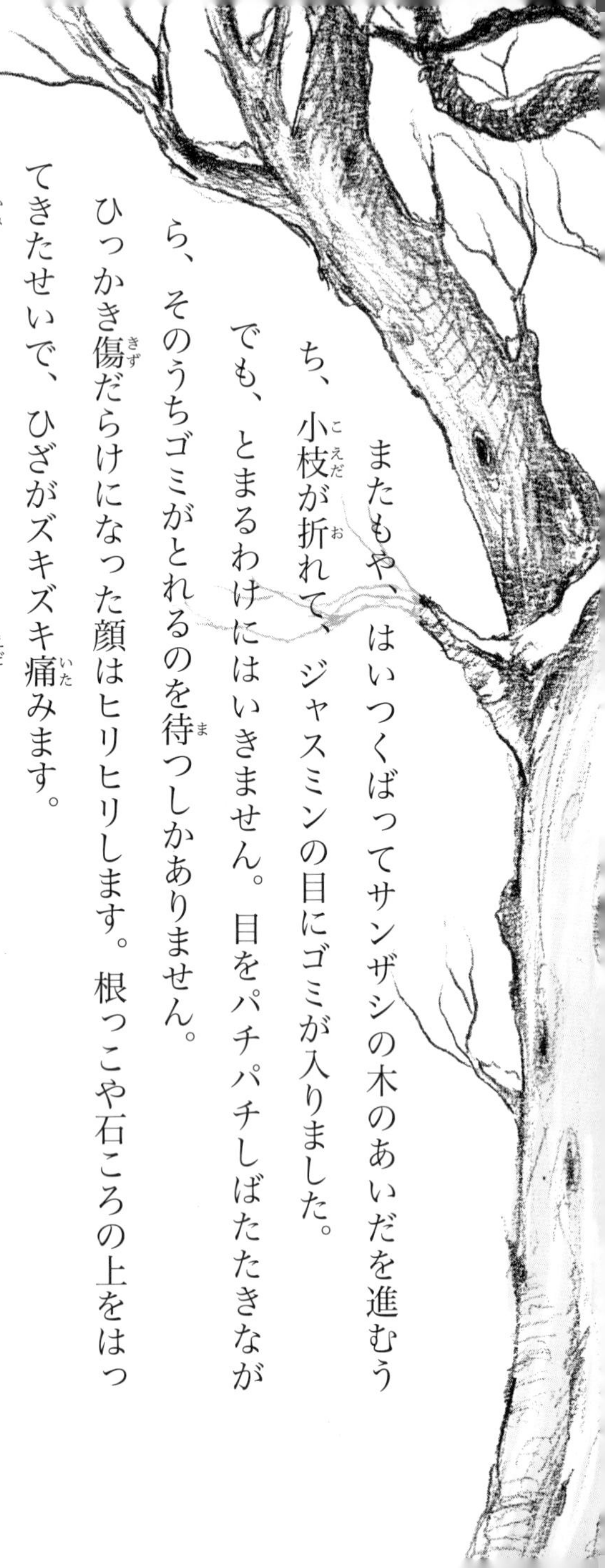

またもや、はいつくばってサンザシの木のあいだを進むうち、小枝《こえだ》が折《お》れて、ジャスミンの目にゴミが入りました。

でも、とまるわけにはいきません。目をパチパチしばたたきながら、そのうちゴミがとれるのを待《ま》つしかありません。

ひっかき傷《きず》だらけになった顔はヒリヒリします。根っこや石ころの上をはってきたせいで、ひざがズキズキ痛《いた》みます。

髪《かみ》の毛がサンザシのとげや枝《えだ》にひっかかりましたが、むりやりひっぱってはずすしかありません。ただひとつだけ生《い》け垣《がき》のいいところは、風が吹《ふ》きこまないことでしょうか。

フンフンにおいをかぎ、グフグフ鳴きながら進《すす》みつづけていたトリュフは、果樹園《かじゅえん》のはしまでやってくると、今度《こんど》は左へ折《お》れ、生《い》け垣《がき》に沿《そ》って草地に入っ

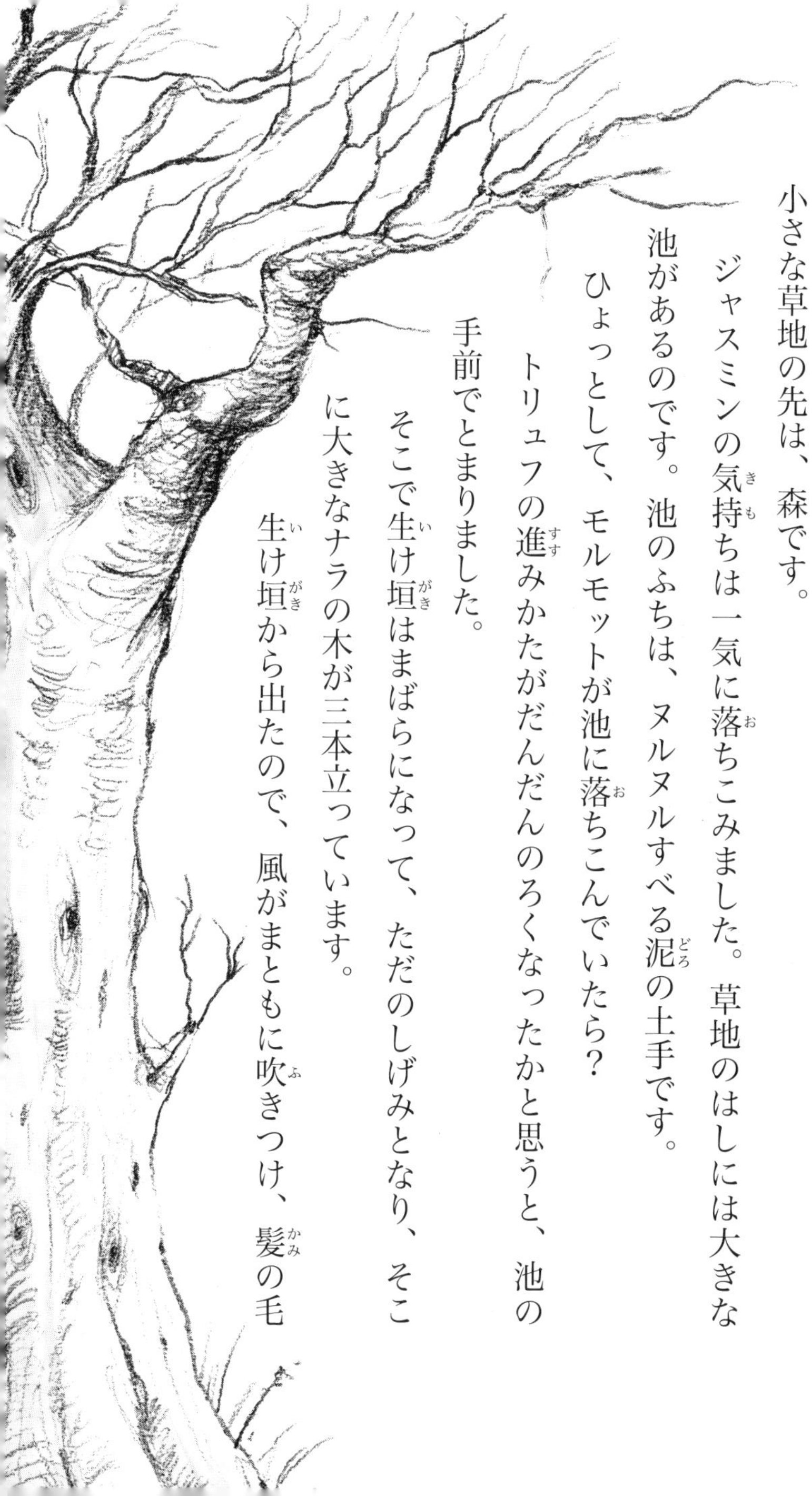

ていきました。

小さな草地の先は、森です。

ジャスミンの気持《きも》ちは一気に落《お》ちこみました。草地のはしには大きな池があるのです。池のふちは、ヌルヌルすべる泥《どろ》の土手です。

ひょっとして、モルモットが池に落《お》ちこんでいたら？

トリュフの進《すす》みかたがだんだんのろくなったかと思うと、池の手前でとまりました。

そこで生《い》け垣《がき》はまばらになって、ただのしげみとなり、そこに大きなナラの木が三本立っています。

生《い》け垣《がき》から出たので、風がまともに吹《ふ》きつけ、髪《かみ》の毛が目や口をムチのように打ちました。

ジャスミンは、髪《かみ》を耳のうしろにかけると、コートのフードをかぶりました。

地面《じめん》のあちこちに、うさぎの巣穴《すあな》があります。

おどろいたうさぎのふたつの目玉を、懐中電灯《かいちゅうでんとう》が照《て》らしだしました。二、三秒《びょう》のあいだ、うさぎは凍《こお》ったように動《うご》きませんでしたが、とつぜんはねてにげていきました。

トリュフは、今度《こんど》はうさぎ穴《あな》をかぎまわっています。うさぎのにおいにまどわされて、モルモットのにおいがわからなくなったのでしょうか？

「さがせ！」ジャスミンはすがるようにいいました。「さがせ！　トリュフ！　さがせ！」

トリュフは、生《い》け垣《がき》の近くの大きなうさぎ穴《あな》がとても気になっているようです。

「トリュフ、うさぎじゃない、モルモット！　わたしたちがさがしてるのは、モルモットなの！　さ、トリュフ、さがせ！」

けれども、トリュフはその穴《あな》から離《はな》れません。

そして、大声でグフグフ鳴きながら、ますます熱心《ねっしん》に穴《あな》の入り口の土を鼻《はな》で掘《ほ》りかえしています。

ジャスミンは、まゆをよせて考えました。

どうしたんだろう？　こんなこと、これまでトリュフは一度《いちど》もしたことがなかった。うさぎの穴《あな》なんかに興味《きょうみ》をもったことはなかったのに……。

ひょっとして、モルモットがこのうさぎ穴《あな》の中にかくれてる?!

「トリュフ、おりこうだったわね。さあ、もういいわ。おすわり！」

そういって、ジャスミンはトリュフの背中《せなか》をぐっと押《お》してすわらせました。

トリュフは、まだやりたそうにしていましたが、しかたなく掘《ほ》るのをやめてすわりました。でも、鼻《はな》はまだピクピク動《うご》いています。

「おりこう！　おりこう！」ジャスミンは、トリュフの耳のあいだをかいてやりました。「おりこうだったね、トリュフ！」

ジャスミンが懐中電灯《かいちゅうでんとう》でまわりを照《て》らすと、低《ひく》く下がった太い枝《えだ》が見つかりました。

困《こま》ったことに、電灯《でんとう》の光がずいぶん弱くなっています。電池が切れかかっているにちがいありません。

とにかく、ジャスミンは、トリュフのつなぎひもをその太い枝《えだ》にしっかりと結《むす》びつけました。

「そこに、おすわりしててね、トリュフ」

気分が悪《わる》くなるほどドキドキしながら、ジャスミンは、懐中電灯《かいちゅうでんとう》の弱々しい

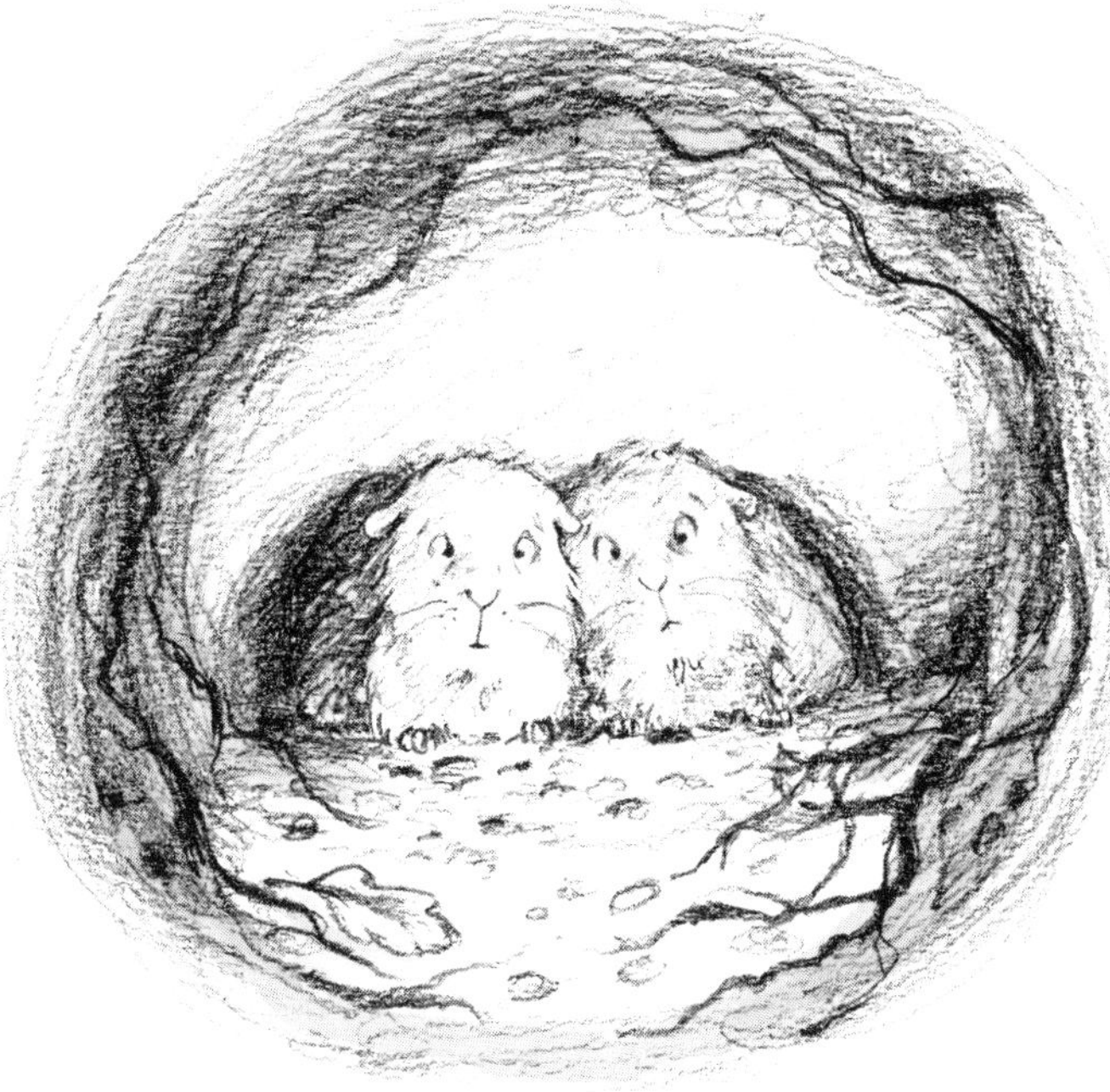

光をうさぎ穴《あな》の中へ向《む》けました。

すると、穴《あな》のずっとずっと奥《おく》に、見えたのです。よりそってふるえるふたつの毛のかたまりが。恐怖《きょうふ》のあまり動《うご》けなくなって、ただじっとこちらを見つめている二ひきのモルモットです！

「いた!!」

ジャスミンは、つめていた息《いき》をどっとはきだしました。体中から力がぬけるようです。

「ここにいたの?! 生きてたのね！ やっと見つけた！ ほんとに無事《ぶじ》でよ

かった!!」

それから、ふりむいてトリュフをぎゅっと抱《だ》きしめました。

「トリュフ、ありがとう！　あんたのおかげよ！　あんたがこの子たちを見つけてくれたのよ！　ほんとに、なんておりこうな子なの！　さあ、あとは、穴《あな》からだしてやればいいんだわ」

ジャスミンは、電池の切れかかっている懐中電灯《かいちゅうでんとう》で穴《あな》の中を照《て》らしました。

おくびょうなモルモットには、かえってこんな弱い光がいいのです。

どうか、モルモットたちがおどろいてにげていきませんように。

ジャスミンはできるだけやさしく、なだめるように声をかけました。

「さあ、スノーウィー、ティグレット、こっちへおいで。もう、だいじょうぶだからね」

けれども、二ひきは、凍《こお》りついたように動《うご》きません。

ジャスミンは、ゆっくりゆっくり、右手を穴《あな》の中へのばしました。

このまま二ひきがじっとしていてくれれば、そっとつかんで穴《あな》からだせます。

ところが、ジャスミンの右手が近づくと、二ひきはおどろいてキーキー鳴きだし、穴《あな》の奥《おく》へあとずさりしはじめたではありませんか。

これは、まずい。

ジャスミンは、またゆっくりと手を引っこめました。

いったいどうやってモルモットをだせばいいんでしょう？

そのとき、はっと思いだしました。

そうだ！　ポケットの中に、ニンジンとキャベツがあったんだ！

ジャスミンは、ポケットからニンジンの細長い切れはしをとりだしました。

モルモットはとても鼻《はな》がいい。それに、二ひきは今おなかがぺこぺこだろう

から、このニンジンを使《つか》えば……。

ジャスミンがニンジンを穴《あな》の中のモルモットへ近づけると、二ひきはまた、びっくりしたようにキーキーさけんで、ゴソゴソあとずさりを始《はじ》めました。

そこで、ジャスミンは、ニンジンを穴《あな》の入り口において、手を引っこめました。それから、じっと待《ま》ちました。寒《さむ》くてたまらないことは、できるだけ考えないようにして。

「トリュフ、わたしたち、ずいぶん待《ま》つことになるかも。でも、だいじょうぶよね。とってもよく働《はたら》いてくれたから、ごほうびに、おなかをたくさんかいてあげる。それに、ごちそうもあるのよ」

ジャスミンがそういってニンジンを半分やると、トリュフはあっという間にガリガリ食べてしまい、うれしそうに鼻《はな》を鳴らしました。

さらにジャスミンは、トリュフが喜《よろこ》びのあまりドタッと横倒《よこだお》しに倒《たお》れるまで、おなかをゴシゴシかいてやりました。

ジャスミンは片手《かたて》でトリュフのおなかをかきながら、何度《なんど》も穴《あな》の中をのぞきました。でも、モルモットをおどかさないように、懐中電灯《かいちゅうでんとう》の光は穴《あな》の壁《かべ》にあてました。

「あ、うまくいった」ジャスミンは思わずささやきました。

ティグレットがニンジンにそろそろと近づいています。ちょうどニンジンをくわえたとき、ジャスミンはさっと手をのばしてティグレットをつかむと、穴《あな》の外へとりだしました。

ティグレットはキーキー鳴きましたが、ジャスミンがからだにくっつけて、やさしくなでてやると、静《しず》かになりました。手の中で、ティグレットの心臓《しんぞう》が、爆発《ばくはつ》するんじゃないかと心配《しんぱい》になるほど速《はや》く打《う》っています。

でも、ぐずぐずしてはいられません。今度《こんど》はスノーウィーです。ティグレットの温《あたた》かいからだをしっかり抱《だ》いたまま、ジャスミンはニンジンのもうひと切れを穴《あな》の入り口近くにおきました。

スノーウィーは、ティグレットよりさらに臆病《おくびょう》です。ジャスミンはずいぶん長いあいだ、氷《こおり》のように冷《つめ》たい地面《じめん》にすわって、ふるえながら待《ま》たなければなりませんでした。手の中のティグレットと穴《あな》の中のスノーウィーの両方《りょうほう》を落《お》ちつかせるため、やさしい声でそっと話しかけながら。

すると、トリュフもその声に安心《あんしん》するのか、ときどき満足《まんぞく》そうな低《ひく》い声を上げるだけで、おとなしくちゃんとすわって待《ま》っていました。

とうとう、待《ま》ち望《のぞ》んでいた物音《ものおと》が聞こえてきました。カサカサいう小さな足音と、つづいてニンジンをむちゅうでかじる音が。

ジャスミンは息《いき》をころし、できるだけこっそりと穴《あな》の中に手をのばして、スノーウィーのまん丸いからだをさっとつかみました。

スノーウィーは、キーキー鳴きさけんであばれましたが、ジャスミンはしっかりとつかんだまま、穴《あな》の外へ抱《かか》えだしました。

二ひきのモルモットが今、無事《ぶじ》に、この腕《うで》の中にいる！

生まれてこのかた、これほどほっとしたことはありません。

二ひきが少しでも落《お》ちつくように、ジャスミンはやさしくなでてやりました。温《あたた》かいからだは、ジャスミンの凍《こご》えた手には、まるで湯《ゆ》たんぽです。この子たち

がこんなに厚《あつ》い毛皮《けがわ》をもっていて、ほんとによかった！

モルモットたちがおとなしくなったので、トリュフのつなぎひもを枝《えだ》からほどこうとしましたが、両腕《りょううで》に一ぴきずつモルモットを抱《だ》いているので、とてもできません。

そこで、ひもはほどかず、片手《かたて》で首輪《くびわ》の留《と》め金《がね》をはずしました。

これでトリュフは自由《じゆう》です。ひもは、あした、とりに来ることにしよう。

あした！　そうだ、あしたはクリスマスだ！

そのことを、ジャスミンは今の今まですっかりわすれていました。でも、これでなんの心配《しんぱい》もなくクリスマスが迎《むか》えられます。スノーウィーとティグレットが無事《ぶじ》に見つかったのですから。しかも、ジャスミンの自慢《じまん》の子ぶたが二ひきをさがしだしたのです。

「さあ、トリュフ、うちに帰ろう」

家に向《む》かって歩くうち、雪はますます激《はげ》しく降《ふ》りだし、みるみる厚《あつ》く積《つ》もっていきました。

まっ白になった地面《じめん》に目をくばりながら、ジャスミンは慎重《しんちょう》に歩きました。モルモットを両手《りょうて》に抱《かか》えたまま、うさぎ穴《あな》に落《お》ちこんではたまりません。

もう、懐中電灯《かいちゅうでんとう》の明かりは、ただの弱々しい光の点になっています。

草地を半分ほど行ったところで、人のさけぶ声が聞こえたような気がして、ジャスミンは顔を上げました。

懐中電灯《かいちゅうでんとう》の明るい光が、庭《にわ》や農場《のうじょう》のあちこちを照《て》らしながら近づいてきます。見ているうち、明かりはとうとうジャスミンの立っている草地に入ってきました。

いったい何が起《お》こったんだろう？　何をさけんでいるのかしら？

ジャスミンは耳をすましました。

おや？　みんながさけんでいるのは、ジャスミンの名前です。

どうしてわたしの名前なんかを？

とつぜん、ジャスミンは懐中電灯《かいちゅうでんとう》のまぶしい光に照《て》らされました。

「ジャスミン！　ああ、ジャスミンったら、いったいどこ行ってたの?!」お母さんの声です。

お母さんが草原を走ってきながら、大声でさけびました。

「いたわ！　ジャスミンはここよ！」

お母さんは、ジャスミンのところにたどりつくなり、ジャスミンをぎゅっと抱《だ》きしめました。

「ああ、ジャス、どこ行ってたの？　ものすごく心配《しんぱい》したのよ」

「モルモットをつぶさないで」とジャスミンはいおうとしましたが、寒《さむ》さで歯《は》がカチカチ鳴るし、くちびるが凍《こご》えてしまって、しゃべることができません。

お母さんはやっとジャスミンのからだを離《はな》しました。

「ジャス、だいじょうぶ？　いったい何があったの？」

そういって、お母さんがジャスミンの顔に懐中電灯《かいちゅうでんとう》の光をあてたので、ジャスミンは思わず目をつぶりました。

「まあ、くちびるがまっ青！　それに、顔じゅう傷《きず》だらけじゃないの！」

お母さんはジャスミンのほおに手をあてました。

「ちょっと！　あなた、氷《こおり》みたいになっ

てるわ。いったい全体《ぜんたい》、どうしたの?!」

「だ、だいじょうぶ……」カチカチはげしく歯《は》を鳴らしながら、ジャスミンはやっとのことでいいました。「し、出動《しゅつどう》してたの。き、き、救急《きゅうきゅう》、た、隊員《たいいん》として」

15 最初《さいしょ》は、ジャスミンだ

つぎの朝、まず、ジャスミンの目にとびこんできたのは、ベッドのはしにぶらさがっているパンパンにふくれたくつ下でした。

くつ下から、チョコレートのサンタクロースがはみでています。ジャスミンの顔がひとりでにほころびました。

きょうはいよいよクリスマス。そして、ジャスミンの動物《どうぶつ》たちはみな無事《ぶじ》なのです。

ジャスミンはベッドからとびおりると、窓辺《まどべ》に走っていきました。

きのうお父さんが、モルモットの小屋《こや》が二度《にど》ととばないように、屋根《やね》に重《おも》しをのせてやると約束《やくそく》してくれました。それでも、自分の目でたしかめずにはいられません。

カーテンをあけたジャスミンは、息《いき》をのみました。

外は、まるでおとぎの国。どこもかしこも、きらきらかがやくまっ白い雪のじゅうたんにおおわれています。木の枝《えだ》の一本一本にまで、ふっくらと雪が積《つ》もっています。

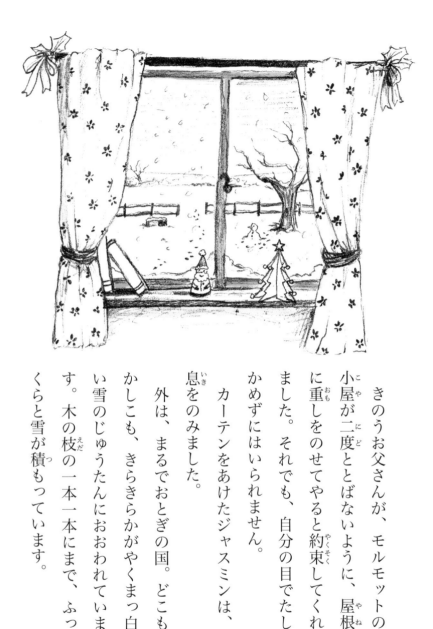

そして、モルモットの小屋《こや》も、雪の毛布《もうふ》をかぶって、ちゃんと庭《にわ》に立っていました。

その日、農場《のうじょう》のすべての仕事《しごと》が終《お》わり、馬のお産《さん》に出かけていたお母さんも帰ってきてみんながそろったのは、ようやく夕方の四時になってからでした。

家族《かぞく》は勢《いきお》いよく燃《も》える暖炉《だんろ》の前にすわり、みんなでクリスマスツリーをながめました。

さあ、いよいよプレゼントをあけるときです。

「ジャスミンから！」とマヌがさけびました。

なぜか大興奮《だいこうふん》で、とんだりはねたりしています。

まず、エラがジャスミンにプレゼントをわたしました。

うけとったとたん、ジャスミンは見なくても、すぐに本だとわかりました。

クリスマスに、エラが本以外《いがい》のものをプレゼントすることはないのです。

本の名前は、「ぶた百科――ぶたの世話《せわ》について知るべきすべてのこと」。

ジャスミンは、エラの思いやりに感激《かんげき》しました。そして、トリュフが二、三か月後に市場《いちば》に売られていくことは、考えないようにしました。

マヌからのプレゼントはとても大きかったので、ツリーの下からもってくるのに、お父さんが手伝《てつだ》わなくてはなりませんでした。

ジャスミンはためしにつっついてみました。大きなプレゼントは、ガバガバとプラスチックのような音がします。

いったいなんだろう？

ジャスミンはがまんができなくなって、雪だるま模様《もよう》の包《つつ》み紙《がみ》をやぶりました。

出てきたのは、ピンクの大きなプラスチックの袋《ふくろ》。黒い文字で「ぶた用固形《こけい》飼料《しりょう》」と書いてあります。

「トリュフの餌《えさ》ね！　ありがとう、マヌ。とってもうれしいプレゼントよ」

マヌは、まだイスの上でピョンピョンとびはねています。

「今度《こんど》はお父さんだよ！　早くジャスミンにプレゼントをやって！」と、じれったそうにお父さんを見ました。

お父さんが、ドアのほうを見てからいいました。

「ジャスミン、これは、おれと母さんからだ。気に入ってくれるといいがな」

家族全員《かぞくぜんいん》がドアのほうを見ました。

ジャスミンの耳に、聞きなれたブフブフという声が聞こえてきました。

ドアがあいて、お母さんがとびっきりの笑顔《えがお》で入ってきました。

そして、そばにいるのは、トリュフ。ピカピカにみがかれて、首に大きな赤い蝶《ちょう》ネクタイをつけたトリュフです。

ジャスミンは、わけがわからないまま、トリュフを見つめました。なぜか、

みんなとってもうれしそうに、ジャスミンにわらいかけています。

でも、どういうこと？　トリュフはすでにジャスミンのもの。なぜ、今さらクリスマスプレゼントなんでしょう？

お父さんがやさしい顔でいいました。

「ジャスミン、おれはぶた飼《か》いじゃないから、トリュフはうちでは飼《か》わんと、たしかにいった。だが、おまえは証明《しょうめい》した。ぶたってもんは、おれが考えてた以上《いじょう》のことができるってことをな。それに、おまえ自身《じしん》が、トップクラスのぶた飼《か》いだってこともだ。だから、どうだろう、トリュフをうちで飼《か》うことにしたら？」

ジャスミンは、お父さんの顔を穴《あな》のあくほど見つめました。

「それって、永遠《えいえん》に？」

「そう、永遠《えいえん》に。もちろん、行儀《ぎょうぎ》がよければってことだが」

トリュフがトコトコとジャスミンの前にやってきました。うれしそうに鼻《はな》を鳴らしながら。

ジャスミンは暖炉《だんろ》の前にひざをつくと、自分の子ぶたを抱《だ》き上げ、ぎゅっと強く抱《だ》きしめました。

お母さんがたずねました。

「それで、どうなの？　ジャス。ちょっと変《か》わったプレゼントだけど、お気に召《め》したかしら」

ジャスミンは、じゅうたんの上で背《せ》をのばし、はじけるような笑顔《えがお》でこたえました。

「すごく、すごーく気に入った。ほんとにありがとう！　わたし、世界《せかい》じゅうのどんなものより、このプレゼントがほしかったの！」


（おわり）

訳者《やくしゃ》あとがき

もりうちすみこ

ジャスミンと子ぶたのお話、いかがでしたか？　挿絵《さしえ》がたくさんあるので、農場《のうじょう》のようすも、よくわかったでしょう？

数年前、こんなイギリスの農場《のうじょう》に泊《と》まったことがあります。オックスフォードからバスで一時間ほどの小さな村。牛を飼《か》っている農場《のうじょう》が民宿《みんしゅく》もやっていたのです。農場主《のうじょうしゅ》のご主人《しゅじん》は、ジャスミンのお父さんとそっくりの大きな男の人で、やはり大きな長靴《ながぐつ》を履《は》き、泥《どろ》のついたジャンバーを着《き》て、走るような急《いそ》ぎ足で歩く働《はたら》き者《もの》でした。１３０頭もの肉牛《にくぎゅう》をたったふたりで世話《せわ》をしているというのですから、それはそれは忙《いそが》しそうです。冬だったので牛は牛舎《ぎゅうしゃ》に入っていましたが、その何十頭もの牛がいっせいにこちらを向《む》く迫力《はくりょく》には、圧倒《あっとう》されました。ご主人《しゅじん》は大きな種牛《たねうし》の頭をなでながら、「この子はとてもフレンドリーなんです」とにこにこ。かわいくてたまらないといったようすです。奥《おく》さんも、とびきり明るい働《はたら》き者《もの》で、毎朝、暗いうちから焼《や》くクロワッサンの芳《かん》ばしい香《かお》りが、家じゅうに漂《ただよ》います。この本の挿《さし》絵《え》そっくりの大きな台所《だいどころ》には、やはり大きなオーブンがあり、家宝《かほう》の大皿《おおざら》が、さも無造作《むぞうさ》に壁《かべ》に立てかけられています。文化財《ぶんかざい》に指定《してい》されるほど古いレンガ造《づく》りの家ですが、中は改装《かいそう》され、とってもきれいで住みごこちがよさそうでした。

ぶた？　いましたよ！　庭《にわ》のすみの小屋《こや》に、二頭。奥《おく》さんがポンポンと体をなでながら、「シナモンとペッパーっていうの。でも、前にいた二頭は、ベーコンとソーセージって名前でね。その名の通り、ベーコンとソーセージになっちゃったのよ！」とわらって話してくれたときには、ちょっとおどろきました。

でも、家畜《かちく》を飼《か》うって、そういうことですものね。そのことがちゃんとわかっているジャスミンにとって、トリュフを飼《か》いつづけられるということが、どんなに特《とく》別《べつ》で、世界一《せかいいち》のクリスマスプレゼントだと思えるほどうれしいことなのか、しみじみわかりますよね。

そのときも、ちょうどクリスマス前だったので、夜、村の集会所《しゅうかいじょ》でバザーがありました。紅茶《こうちゃ》やコーヒー、ジンジャークッキーやスコーンの香《かお》る中、クリスマス用の手作りの飾《かざ》りが部屋《へや》いっぱいに並《なら》んでいます。村の人たちが次々《つぎつぎ》に訪《おとず》れ、紅茶《こうちゃ》を飲《の》みながら、まるで大家族《かぞく》のように話しています。わたしが村の中をうろうろ歩きまわっていたのは、とっくに知られていたようで、「あんた、散歩《さんぽ》するために、わざわざ日本からこんなところまできたのかね？」と、ひとりのおじさんにいわれてしまいました。今思い出せば、カーターさんに似《に》ていたような……。

作者《さくしゃ》のヘレン・ピータースさんも、農場《のうじょう》で育《そだ》ちました。この作品《さくひん》を通して、今の子どもたちに農場《のうじょう》の生活というものを知ってもらいたかったといっています。本文に、クリスマスの日も、家族《かぞく》みんながそろったのは夕方だった、というところがあるでしょう？　生《い》き物《もの》を飼《か》う仕事《しごと》は、本当にクリスマスも夏休みもないのです。毎日毎日、決《き》まった時間に餌《えさ》をやり、フンの始末《しまつ》が欠《か》かせませんから。動物《どうぶつ》を育《そだ》てるには、そんな勤勉《きんべん》さも必要《ひつよう》なんですね。愛情深《あいじょうぶか》く、勤勉《きんべん》でがんばり屋《や》のジャスミンは、きっと将来《しょうらい》、動物救急《どうぶつきゅうきゅう》センターを開《ひら》くことができるでしょう。でも、その前に、カモを飼《か》ったり、捨《す》て犬を助《たす》けたり、動物《どうぶつ》についてのいろんな経験《けいけん》をするんですよ。続編《ぞくへん》をお楽しみに！

作者／ヘレン・ピータース（Helen Peters）

イギリス南東部、サセックスの昔ながらの農場で、家族と動物に囲まれ、泥んこになって育つ。子どものころは、よく本を読み、古い納屋で年じゅう友だちと劇をして遊んでいた。現在はロンドン郊外の海辺の町で、二人の子ども、二匹の猫と二匹のモルモット、一人の夫と暮らしている。

作者／エリー・スノードン（Ellie Snowdon）

イギリス南西部、サウス・ウェールズで、手作りのウェルシュケーキに囲まれて育つ。子どものころから、母親の激励を受けて、本を読み、絵を描きつづけている。現在はロンドンに住んでいるが、描くためのエネルギー源として、毎週母親からウェルシュケーキが送られてくる。

訳者／もりうち すみこ

福岡県生まれ。訳書『ホリス・ウッズの絵』（さ・え・ら書房）が産経児童出版文化賞に、訳書『真実の裏側』（めるくまーる）が同賞推薦図書に選ばれる。他の訳書に『九時の月』『ジュビリー』（共にさ・え・ら書房）、『宿題ロボット、ひろったんですけど』（あかね書房）、『森のおくから――むかし、カナダであったほんとうのはなし』（ゴブリン書房）など多数。

子ぶたのトリュフ

2018年1月　第1刷発行
作　者／ヘレン・ピータース
画　家／エリー・スノードン
訳　者／もりうち すみこ
発行者／浦城 寿一
発行所／さ・え・ら書房　〒162-0842 東京都新宿区市谷砂土原町3-1 Tel.03-3268-4261
http://www.saela.co.jp/
印刷／光陽メディア　製本／東京美術紙工　Printed in Japan

©2018 Sumiko Moriuchi
ISBN978-4-378-01524-8　NDC933